장담 신무협 장편소설

ORIENTAL FANTASY STORY & ADVENTURE

강호제일해결사

江湖第一解決士

4

천해공자(天解公子) 2

dream
books
드림북스

강호제일 해결사 4 천해공자(天解公子) 2

초판 1쇄 인쇄 2014년 8월 19일
초판 1쇄 발행 2014년 8월 26일

지은이 장담
발행인 오영배
기획 박성인
책임편집 정성호

펴낸곳 (주)삼양출판사 · 드림북스
주소 서울특별시 강북구 솔샘로67길 92
대표 전화 02-980-2112 팩스 / 02-983-0660
블로그 blog.naver.com/dreambookss
출판등록 1999년 3월 11일 제9-00046호

ISBN 979-11-313-0019-0 (04810) / 979-11-313-0015-2 (세트)

장담 신무협 장편소설

ORIENTAL FANTASY STORY & ADVENTURE

강호제일해결사

江湖第一解決士

천해공자(天解公子) 2

4

dream
books
드림북스

차례

江湖第一釣魚士

第一章

영보각(永寶閣)에서

남사강은 사운평의 청을 듣고 이마를 찌푸렸다.

영보각 내부 구경을 허락하는 일은 자신의 권한 밖이었다.

그 안에 있는 것들이 비록 보물은 아니라 하나, 아직 진정한 가치는 물론이고 용도조차 알려지지 않은 물건이 제법 많았다.

잃어버리기라도 하면 엄중한 추궁이 따를 터. 아직 정체조차 불명확한 사운평을 믿고 월권을 행사한다는 것은 모험이었다.

그러나 무작정 거부하기도 애매한 일. 그는 그 일에 대한 판단을 다른 사람에게 떠넘기기로 했다.

"영보각을 구경하는 일은 내 마음대로 할 수 없네. 일단 영검원주에게 부탁해 봄세. 설마 성주 부인을 구해 준 공이 있는데 무작정 거부하겠나?"

"감사합니다, 장로."

"함께 가 보세."

영검원주는 일평검(一平劍) 양유청으로, 그는 장로였다가 나이 육십이 넘으면서 영검원을 맡은 사람이었다.

원리 원칙을 중요시하는 그는 갑자기 찾아온 남사강의 말을 듣고 찜찜한 표정을 지었다.

그의 성격대로라면 원칙에서 어긋나는 일. 절대로 하면 안 되는 일이었다.

하지만 남사강은 성주 부인을 구한 후 그 공을 인정받아서 성주의 신임을 한 몸에 받고 있는 장로다.

그런 남사강의 청을 냉정하게 거부하기도 애매했다.

더구나 당사자가 성주 부인을 구하는 데 일조를 한 청년이라지 않는가?

"허험. 이거 참, 남 장로가 오랜만에 하는 청인데 거부할 수도 없고……."

"양 원주, 구경만 하는 것인데 어려울 것이 뭐 있겠습니까?"

"내 어찌 그걸 모르겠나? 허나 규칙이라는 게 함부로 어길 수 없는 것인지라……."

"제가 직접 따라다닐 겁니다. 아무 염려 마십시오."

"내가 걱정하는 것은 물건을 잃어버리는 게 아니라네. 그거야 걱정할 것도 없지. 문제는 정해진 규칙이 무너진다는 것이야."

"규칙이란 것도 때로는 적당히 조율할 수 있는 것 아니겠습니까?"

"그게 쉽지 않은 일이라서 그러네. 미안하구먼."

양유청이 계속 미적거리자 남사강도 더 이상 고집부리지 못했다.

사실 그는 양유청이 허락하든 말든 큰 상관이 없었다. 그저 자신이 최선을 다했다는 것만 사운평에게 보여 주면 될 뿐.

"정 안 된다면 할 수 없지요. 원주께서 원칙대로 하시겠다는데 제가 어찌 뭐라 할 수 있겠습니까? 어쨌든 신경 써 주셔서 감사합니다."

"내 어지간하면 들어주겠는데…… 미안하구먼."

밖에서 귀를 쫑긋 세우고 있던 사운평은 안에서 들리는 말을 듣고 입맛을 다셨다.

영검원에 들어온 것만으로도 소기의 목적은 달성한 상태였다.

지금쯤 조연홍의 머릿속에 영검원과 영보각의 모습이 하나하나 도장처럼 새겨지고 있을 테니까.

그러나 좀 더 많은 것을 볼 수 있는 기회가 꼬장꼬장한 노인네의 고집 때문에 수포로 돌아간 것은 아쉬운 일이 아닐 수 없었다.

'노인네가 무슨 고집이 그렇게 세?'

그가 속으로 투덜거리고 있을 때 전각 문이 열리고 남사강과 양유청이 나왔다.

"규칙 때문에 안 된다는구먼. 그만 돌아가세."

"안 된다면 어쩔 수 없지요. 제 욕심이었나 봅니다."

바로 그때, 뜻밖의 목소리가 들렸다.

"남 장로님, 저를 구해 주었던 청년이 왔다면서요?"

그 목소리를 들은 사운평은 눈빛을 빛내며 몸을 돌렸다.

성주 부인인 공손가향이 호위와 시녀를 대동하고서 영검원으로 들어서고 있었다.

그녀를 먼저 본 남사강과 양유청이 두 손을 맞잡고 예를 취했다.

"오셨습니까, 부인."

"부인께서 여기에는 어인 일로 오셨습니까?"

"남 장로의 거처로 갔더니 이곳으로 갔다 해서 왔어요."

그녀의 눈이 사운평에게로 향했다. 전이나 다름없이 차가운 눈빛이었다.

사운평이 먼저 공손하게 포권을 취하며 인사했다.

"그간 강녕하셨습니까?"

"정말 그대였군."

"마침 지나던 길이어서 인사차 들렀습니다."

"그래, 남 장로의 제자에게 듣자 하니 영보각의 수집품을 구경하고 싶다고 했다면서?"

"옛날 물건이 많다고 해서 한 번 구경해 볼 수 있을까 싶어 청했습니다만, 허락할 수가 없나 봅니다."

"원래 영보각은 외인이 드나들 수 없는 곳이지."

"아쉽지만 규칙이 그러하다면 어쩔 수 없지요."

"그렇다고 해서 전혀 방법이 없는 것도 아니니라."

"정말입니까?"

"물론이지. 안에 들어갈 수 있는 자격이 있는 사람과 함께 들어가면 되지 않겠느냐?"

공손가향이 아무도 못 푼 문제를 풀어낸 사람처럼 득의양양한 표정으로 말하고는 양유청을 바라보았다.

“안 그런가요, 양 원주?”

양유청이 어정쩡한 표정으로 대답했다.

“그야 그렇습니다만 누가……?”

“내가 직접 이 청년과 함께 들어가겠어요.”

“부인께서요?”

“전날의 도움에 대한 보답이라 생각하면 되지 않겠어요?”

양유청도 일이 해결되자 차라리 속이 시원했다.

“부인께서 그리 하신다면야 누가 말릴 수 있겠습니까?”

“흠, 그럼 그 일은 그렇게 하기로 하고…… 운정이라고 했더냐?”

“예, 부인.”

“대신 너는 내가 전에 보답으로 준 옥비녀를 다시 내놓아야 한다. 그래야 공평한 일이 되지 않겠느냐?”

“옥비녀를요?”

“왜, 싫으냐?”

사운평은 난감한 표정을 지었다.

옥비녀는 은자 백 냥 이상의 가치가 있었다. 효용성은 더 크고. 그런 옥비녀를 골동품 구경하는 대신 내준다는 것은 무척 아까운 일이 아닐 수 없었다.

하지만 그는 꼭 아까워서만 그런 표정을 지은 것이 아니었다.

영보각에 들어갈 수만 있다면 옥비녀가 대수랴?

문제는 구경 좀 하는 대가로 순순히 옥비녀를 내줄 경우 사람들의 의심을 살 수 있다는 점이었다.

‘제길, 그냥 모른 척하고 줘버려?’

반면 공손가향은 어떻게든 옥비녀를 되찾고 싶었다. 당시에는 질질 끌고 싶지 않아서 급한 대로 옥비녀를 빼줬지만, 일개 낭인의 더러운 손에 자신의 옥비녀가 있다는 게 항상 마음에 걸리던 터였다.

그녀는 사운평이 망설이자, 돌려주기 싫어서 그런 것이라 생각했다. 하긴 자신이 생각해도 구경의 대가로는 지나친 요구였다.

그래서 그녀는 한 가지 조건을 더 걸었다.

"물론 그냥 달라는 것이 아니다. 네가 옥비녀를 돌려주면 영보각 내의 수집품 중 하나를 선물하마."

영검원의 수집품이 비록 보물은 아니라 해도 가치를 따지기 어려운 기물들이 많았다. 하지만 그것은 어차피 남의 소유였던 물건들. 그녀로선 아까울 것이 없었다.

사운평은 이게 웬 떡이냐는 심정으로 재빨리 대답했다.

"부인께서 그리 말씀하시는데 제가 어찌 따르지 않겠습니까?"

그런데 양유청이 반대했다.

"부인, 영보각의 물건은 함부로 반출할 수 없습니다."

자존심이 강한 공손가향이 그 말을 듣고 눈초리를 치켜 올렸다.

"저도 무슨 말인지 알아요. 하지만 이 청년은 저를 구해 준 사람이에요. 설마 제 목숨이 영보각의 가치도 알 수 없는 물건 하나만도 못하다고 생각하시는 건 아니겠죠?"

"제가 어찌……."

"더구나 저에게는 영보각의 물건 한두 개 정도는 소유할 수 있는 자격이 있어요. 제가 가져간 걸로 기록하면 될 일 아닌가요?"

양유청도 더 버티지 못하고 한발 물러섰다.

"그렇게 하신다면야 상관이 없을 것 같습니다."

＊　　＊　　＊

사운평은 남사강과 영검원 경비 무사의 감시 하에 안으로 들어갈 수 있었다.

그는 안으로 들어간 후에야 영보각의 진체는 겉으로 드러난 건물이 아니라 지하라는 사실을 알았다. 보이지 않는 기관이 중첩되어 있다는 것도.

'흐미, 연홍이 알고 있는지 모르겠군.'

오만한 공손가향에게 처음으로 고맙다는 생각이 들었다. 옥비녀 하나가 아니라 열 개라도 자신이 깎아서 주고 싶었다.

철컹.

영검원 경비 무사가 먼저 쇠로 된 문이 열고 안으로 들어갔다. 남사강과 사운평이 차례대로 뒤를 따라갔다.

지하 창고 안에는 가지런한 대가 늘어서 있고 그 위에 각양각색의 물건들이 놓여 있었다.

물건 앞에는 그 물건을 어디서 어떻게 구했는지 사연이 나열되어 있었고, 가끔은 물건의 이름도 적혀 있었다.

사운평은 호기심 가득한 눈빛을 번뜩이며 물건들을 구경했다. 남들이 보면 영락없이 신기한 물건을 앞에 둔 소년 같았다.

"와, 이것은 정말 오래된 것 같군요. 한 오백 년은 된 것 같은데요?"

"이건 뭐죠? 꼭 투구처럼 생겼군요."

영검원 무사가 그 모습을 보고 조소를 지었다. 옛날 물건을 좋아한다고 해서 골동품에 대해 잘 아는가 싶었더니 그게 아니었다.

말 그대로 그냥 좋아하는 것뿐이었다.

'하긴 저 주제에 골동품이 품고 있는 격을 알 리가 없지.'

남사강도 실소를 지으며 긴장을 늦췄다.

사운평은 두 사람의 눈을 신경 쓰지 않고 구경에 열중했다.

하지만 그것은 겉모습뿐, 그는 두 사람의 눈치를 살피면서 눈에 불을 켜고 가죽으로 된 상자를 찾아보았다.

하지만 아무리 찾아도 보이지 않았다. 동판도.

'어디 있지?'

이 안에 없다면 어디에 있단 말인가?

'아, 제기랄! 도대체 어디 있는 거야?'

그때 남사강이 돌아서면서 말했다.

"볼 만큼 봤으면 이제 다른 창고로 가세."

다른 창고?

"……예."

'지미, 창고가 또 있으면 미리 좀 말해 주지.'

영검원 무사가 석벽을 밀자 또 하나의 창고가 모습을 드러냈다. 그 창고의 크기는 첫 번째 창고보다 약간 작았다.

안으로 들어가자 네 줄로 된 대 위에 온갖 무기와 무구, 오래된 고서, 가죽과 나무판, 대나무로 된 책 등이 가지런히 놓여 있었다.

무기와 무구는 대부분 오래전에 사용한 것들이었다. 개중에는 아직도 깨끗하게 손질된 것도 있었고, 손질하기 힘들 정도로 낡은 것도 있었다.

풍혼검신(風魂劍神) 구정천, 유령신마(幽靈神魔) 백궁 등 백 년 전 천하제일을 다투었다는 고수들의 유품. 족히 수백 년은 되었을 것 같은 고풍스러운 도검 등등.

무기와 무구들은 특별히 보물이라 할 수는 없지만, 강호의 한 시대를 풍미한 역사의 증인들이었다.

"정말 굉장하군요!"

사운평은 연신 감탄사를 터트리면서 대 위의 물건들을 살펴보았다.

고서와 가죽이나 나무판으로 된 책도 행여나 무공비급이 아닐까 싶어서 자세히 읽어보았다.

그러나 책의 내용은 무공과 전혀 상관없었다. 게다가 한 권은 음양의 도리에 대해서 설파한 음서(淫書)였다.

'그거 참, 읽기만 했는데도 기분이 이상하네.'

마저 읽어 볼까 했지만, 아무래도 남사강과 영검원 무사가 쳐다보는 것 같아서 그만두고 옆으로 자리를 옮겼다.

그때였다. 저만치 상자가 하나 보였다. 가죽으로 감싸진 상자가.

'저것인가?'

정확히 알 순 없지만 최소한 외관은 백원양이 말한 것과 동일했다.

일단 상자의 존재를 확인한 그는 보다 여유 있게 물건들을 감상했다.

그가 그 물건을 본 것은 상자에서 일 장 정도 떨어진 곳까지 다가갔을 때였다.

손바닥 안에 쏙 들어올 크기에 거무튀튀한 그 물건은 보름달처럼 동그랬다.

무광택의 쇳덩어리 같았는데, 한쪽에는 불꽃같은 회오리 문양이 있고, 반대쪽에는 그림인지 글자인지 알 수 없는 기괴한 문양이 가득했다.

두께는 네 푼 정도.

무심코 손을 뻗은 사운평은 둥근 그 물건, 묵반(墨盤)을 집어 들었다.

적당한 무게감. 생각했던 것보다는 가벼운 데다가 기분 좋게 손안에 쥐어졌다.

하지만 그뿐, 용도를 알 수가 없었다.

'이게 뭐하는 물건이지?'

그는 대 위 한쪽에 적혀 있는 설명서를 읽어보았다.

[남양 장가보의 철방에서 얻음. 용도는 알 수 없음. 장가보 사람의 말에 의하면 장가보 초대 보주 때부터 내려온 기물이라고 함. 최소 오백 년 이상 된 것으로 추정.]

"그 물건이 마음에 드는가?"

사운평이 한참 동안 묵반을 쳐다보고 있자 남사강이 물었다.

"이건 어디에 쓰는 물건이죠?"

"글쎄, 나도 잘 모르겠군."

사운평은 묵반을 만지작거리며 상자 쪽으로 걸음을 옮겼다.

그리고 자연스러운 동작으로 상자를 열어보았다.

상자 안에는 차곡하게 접힌 동판이 얌전히 놓여 있었다. 그러나 책은 없었다.

동판은 모두 다섯 장. 사부에게 들었던 대로 동판에는 묘한 문양이 복잡하게 그려져 있었다.

그는 동판을 꺼내 살피면서 상자 옆에 있는 설명서를 읽어보았다.

[을축년(乙丑年) 허창 삼도문에서 얻음. 삼도문주 진승의 부친 진호가 왕옥산(王嶽山)에서 발견했다고 함. 동판에는 금이 섞인 듯 보임. 내용은 알 수 없으나 낙양의 대학자인 운요선생의 말에 의하면 문양에 현묘한 이치가 담겨 있다 함.]

사운평은 짐짓 신기하다는 듯 동판을 들어서 이리저리 비추어보았다.

동판은 유난히 누런색이 강했다. 설명서에 쓰인 대로 금이 제법 많이 섞인 듯했다.

"여기에 뭐가 그려졌는지 아십니까? 자꾸 보고 있으니까 어질어질하군요."

"우리도 모르네. 알면 설명서에 써 놓았겠지."

그리고 보다 더 중요한 것이었다면 다른 곳으로 옮겼을 것이다.

결국 동판은 아무것도 아니던가, 아니면 그저 그런 현묘함이 담긴 물건이라는 이야기다.

그도 아니면 검천성이 아직 그 가치를 모르던가.

"제가 이걸 가져가도 되겠습니까?"

"그보다 더 좋은 것이 많은데 왜 굳이 그걸 가져가려고 그러나?"

"그게 저…… 하, 하. 단순한 동이 아니라 금이 많이 섞였다고 해서요."

"금이 섞여서?"

"예."

남사강은 피식 가볍게 웃었다.

금이 섞여 있다고 해봐야 얼마나 되겠는가?

"마음대로 하게. 부인께서도 마다하지 않으실 거네."

"저, 남 장로님. 부인께 이것 두 개 다 달라고 하면 주실까요?"

사운평이 묵반까지 보이며 넌지시 물었다.

특별할 것 없는 물건 같은데 이상하게도 손에서 떨어지지 않았다. 마치 오래전부터 자신의 물건이었던 것처럼.

"두 개를 다?"

"예."

남사강은 오래 고민하지 않았다. 둘 다 중요한 물건은 아닌 듯했다. 어쩌면 가능할지도…….

"한번 말씀드려보게. 안 된다고 하면 둘 중 하나는 포기해야 할 거네."

*　　*　　*

사운평은 두 가지 물건을 챙겨서 지하 창고를 나왔다.

공손가향이 그의 말을 듣고는 어이없다는 표정을 지었다.

"두 개를 다 원한다고?"

"이건 심심할 때 갖고 놀면 괜찮을 것 같아서 말이죠."

"그 금동판은 금이 들어 있어서 택했고?"

"꼭 그렇다기보다는, 그림도 신기하고 금도 들어 있고 해서……."

사운평은 머쓱한 표정을 지으며 어수룩하게 대답했다.

공손가향이 그런 사운평을 한심하다는 눈빛으로 쳐다보며 조소를
지었다.

지하 창고에는 황금 백 냥의 값어치가 나가는 보물급 물건도 많았
다. 물론 골동품을 제대로 볼 수 있는 사람만이 알겠지만.

그런데 운평이란 자가 고른 금동판은 팔아봐야 겨우 금 닷 냥이나
받을까 싶었다. 쇳덩어리 같은 물건은 말할 것도 없고.

'눈앞에 보이는 금 때문에 하고많은 물건 중 그걸 택하다니. 별수
없는 속물이군. 하긴 능력이 안 되면 주는 술도 못 받아먹는 법이지.'

마다하면 자신의 위신만 깎일 터. 그녀는 위압적인 태도로 양유청
에게 짧게 물었다.

"괜찮지요?"

"그게 저……."

"두 개 합해 봐야 옥비녀보다 나을 것도 없잖아요? 둘 다 제가 가
져간 것으로 적어 놓으세요."

양유청은 하는 수 없이 그녀의 말을 받아들였다. 그의 눈에도 사운

평이 고른 물건은 별 가치가 없어 보였다.

"알겠습니다, 부인."

"이제 옥비녀를 다오."

"여기 있습니다."

사운평은 옥비녀를 건넸다. 행여나 손이 떨릴까 봐 걱정되었지만, 다행히 손끝도 흔들리지 않았다.

'이게 황금 오백 냥짜리라는 걸 알면 기절초풍하겠군.'

조연홍은 조연홍대로 기분이 좋았다.

그가 파악한 영검원의 진은 혼자서 파훼하기가 쉽지 않았다.

동판을 훔쳐야 한다면 목숨을 걸어야 할지도 모를 일. 그런데 이제는 이곳에 다시 올 필요가 없었다.

'대형이 나 때문에 좋은 물건을 포기했나 보군.'

욕심을 내서 좋은 물건을 택했다면 둘 중 하나만 줬을지도 모른다.

그럼 대형은 의심을 사지 않기 위해서 금동판을 포기하고는 자신에게 훔쳐오라고 했겠지. 대형은 그러고도 남을 사람이니까.

그런데 용도도 알 수 없는 쇳덩어리를 택한 걸 보니 욕심 대신 동생의 안전을 더 생각한 것 같았다. 하나만 준다고 하면 쇳덩어리를 포기해도 사람들이 의심하지 않을 테니까.

'고마워요, 대형.'

*　　*　　*

조연홍이 감동에 젖어 있을 때 일단의 무리가 황하를 건너고 있었다.

도선에 탄 인원은 모두 삼십여 명. 그들은 상관종산의 특명을 받은 신궁의 무사들이었다.

수장은 단심객 등초력.

황하를 건너는 목적은 두 가지였다.

하나는 두루마리를 가지고 사라진 자를 찾는 것. 또 다른 하나는 중원의 상황을 면밀히 파악하는 것.

특히 천의산장의 의도를 정확히 알아봐야 했다. 복수를 빌미로 강호 활동을 본격화하는 것이라면 자신들도 보고만 있을 순 없으니까.

"등 숙, 그자가 정말 살아 있을까요?"

등초력과 나란히 서 있던 청년이 고개를 돌리고 물었다.

훤칠한 키에 청색 비단 무복을 입은 그는 등에 검을 메고 있었는데 나이는 이십 대 중후반 정도로 보였다.

등초력은 그의 질문에 천천히 고개를 끄덕였다.

"그때만 해도 나는 그가 실수한 것으로 생각했다. 나뿐만이 아니라 대부분의 사람들이 그랬지. 그 이전에 붕천일사의 공격을 두 번이나 맞받아치고 얼굴이 창백해졌으니까."

"그런데 왜 그를 의심한 겁니까?"

"나중에 차분히 생각해 보니 속았다는 생각이 들더군. 정말 소름 끼칠 정도로 냉정한 놈이었어."

적등산을 추적하던 중 만났을 때도 그랬고, 숭산 자락에서 마주쳤을 때도 그놈은 눈빛 한 점 흔들리지 않고 자신을 대했다. 그러고는 상황을 절묘하게 이용해서 빠져나갔다.

"놈은 잠깐 밑을 바라보고는 절벽에서 자라는 나무를 이용할 생각을 했던 것 같다. 우리는 내상을 입은 그놈이 목숨을 걸고 그런 모험을 할 거라고는 생각도 못 했지."

"협곡을 조사해 봤을 때 속았다는 걸 바로 모르셨습니까?"

"어이없게도 당시에는 그런 생각을 못 했다. 천의산장도 마찬가지였지. 그만큼 놈의 연기는 완벽했다."

솔직히 지금도 살아 있을 거라고 자신 있게 말할 수는 없었다. 그저 흔적을 발견하지 못했으니 살아 있을 가능성이 높다고 생각할 뿐.

당시 겨우 목숨을 구하긴 했지만 부상을 치료하지 못하고 죽었을 수도 있고, 맹수들에게 물려가서 발견되지 않았을 수도 있었다.

"내가 두 번에 걸쳐서 그렇게 당한 적은 처음이다. 단순히 교활하다고만 말하기에는 너무 위험한 놈이야."

"등 숙께서 그리 말씀하시니 정말 그자의 정체가 궁금하군요."

"너도 앞으로 알게 되겠지만, 세상은 무공만으로 해결할 수 없는 일이 비일비재하다. 특히 그런 놈을 상대할 때는 더욱 조심해야 한다."

청년은 빙그레 미소 지었다. 자신감이 넘쳐나는 미소였다. 자신은 그런 놈에게 절대로 당하지 않을 자신이 있다는 듯.

등초력도 그 미소의 뜻을 알았지만 더 말하지 않았다.

청년은 상관종산의 둘째 아들인 상관수혁이었다. 무공만 따지자면 첫째인 상관욱에게도 뒤지지 않는 절정 고수였다.

하지만 그는 신궁의 위엄만 누리고 자라서 아직 세상 경험이 없었다.

게다가 자존심도 강했다. 자신이 아무리 말한다 한들 진심으로 받아들일 리 만무했다.

'어차피 겪어 보기 전에는 이해할 수 없겠지.'

세상이든, 그놈이든.

＊　　＊　　＊

그 일은 정말 사소한 일에서 시작되었다.

점소이가 손님의 발에 살짝 걸려서 넘어진 것이 발단이었다.

점소이 손에 들렸던 쟁반 위의 찻잔이 바로 옆 탁자에 앉아 있던 사람 쪽으로 날아갔다. 탁자에 앉아 있던 자는 찻잔이 날아들자 반사적으로 손을 들어서 쳐냈다. 그러자 튕겨진 찻잔이 마침 옆을 지나가던 자의 옆구리에 맞았다.

옆구리를 맞은 자는 짜증 난 표정으로 탁자에 앉은 자들을 쳐다보았다.

"무슨 짓이오?"

"우리가 그런 게 아니오."

"당신들이 한 게 아니라고? 그럼 그 들고 있는 손은 뭐요?"

"나는 찻잔이 날아와서 무심결에 쳐낸 것뿐이오."

"어쨌든 당신들이 찻잔을 나에게 쳐낸 것 아니오?"

"고의가 아니라고 했잖소?"

"고의든 아니든 내 쪽으로 쳐냈으면 사과부터 하는 게 기본 아니오?"

“별일도 아닌 걸 가지고 왜 신경질을 내는 거요?”

“당신은 갑자기 옆구리를 맞으면 기분 좋겠소?”

“그 정도도 이해하지 못한단 말이오? 검천성의 무사가 속이 좁다는 걸 오늘 처음 알았군.”

“뭐야?”

말싸움이 점점 격렬해지자, 조용히 앉아 있던 중년인이 말렸다.

“그만하게. 그쪽도 그만하시오. 별것도 아닌 일로 왜 이리 흥분하는 거요?”

“별것도 아닌 일? 흥분? 이것들이!”

“이것들?”

중년인이 눈을 치켜떴다.

그러잖아도 일을 시킨 놈들이 하루가 지나도 아무 소식이 없어서 약간 초조하던 터였다. 그 말을 들으니 감정이 욱 솟구쳤다.

“지금 나에게 한 말인가?”

“그래, 너에게 했다. 왜?”

그때 옆을 지나가던 자의 일행 중 하나가 눈살을 찌푸리며 말했다.

“그만해라, 운경. 그런 자들과 다투려고 온 것이 아니다.”

“죄송합니다, 당주. 저희가 철마문을 당장 물리치지 못하니 별놈들이 다 무시하는 것 같아서 화가 난 것뿐입니다.”

“뭐야? 별놈들?”

끝내 앉아 있던 중년인이 벌떡 일어났다.

“보자보자 하니까 가관이군. 검천성 무사면 말을 그따위로 해도 되는 건가?”

당주, 민평이 그를 노려보았다.

"무양에서 우리 검천성 무사에게 그딴 식으로 말하는 사람이 있을 줄 몰랐군."

"말 못할 것은 또 뭔가? 당주라고 했나? 당주면 부하 교육 좀 똑바로 시키시지."

"실수는 너희들이 하지 않았나?"

"그게 어째서 우리 실수란 말이냐? 당주나 부하나 생각하는 게 똑같군."

"일이 있어서 참으려고 했더니 말을 함부로 하는구나. 나는 민평이라 한다. 너는 누구냐? 자신 있으면 이름을 밝혀라."

"미안하지만 너희들에게는 이름을 말해 주고 싶지 않다."

"당주, 이런 자에게는 예의를 갖출 필요가 없습니다."

왕운경이 냉랭히 소리치고는 앞으로 나서며 손을 뻗었다.

"흥!"

중년인, 나승이 코웃음 치고는 오른손을 들어서 가볍게 휘둘렀다.

왕운경의 손이 그의 손동작에 휘말려서 옆으로 튕겼다.

동시에 나승이 한 걸음 앞으로 내디디며 좌수를 비틀듯이 뻗었다.

퍽!

피할 새도 없이 왕운경의 가슴에 일장이 떨어졌다.

주르륵, 밀려난 왕운경이 겨우 중심을 잡았다. 안색이 시뻘게진 그는 누가 말릴 새도 없이 등 뒤의 검을 뽑았다.

"오냐. 어디 한 번 해보자, 이 개자식!"

"멈춰라, 운경."

민평이 씩씩거리는 그를 멈춰 세웠다. 그러고는 차가운 눈빛으로 나승을 노려보았다.

"자신 있다면 객잔에서 이럴 게 아니라 밖으로 나가지?"

중년인, 나승도 마다하지 않았다.

검천성 무사와 싸울 때가 아니란 걸 모르지 않았다. 하지만 이미 벌어진 일. 이제는 자존심 때문에라도 그냥 물러설 수 없었다.

사운평이란 놈 때문에 쌓인 짜증도 풀고 싶었고.

"좋아. 검천성 당주의 무공이 얼마나 강한지 한 번 볼까?"

＊　　＊　　＊

사운평은 영빈관으로 돌아간 후에야 지하 창고에 대해 말했다.

"지하에 철문으로 닫힌 창고가 따로 있지 뭐냐. 그것도 두 개나."

"그래요?"

"너도 몰랐지?"

"예."

"그래서 사소한 물건을 택한 거야. 알고 들어간다 해도 자칫 실수하면 네가 다칠지 모르거든."

조연홍은 그 말에 눈물이 나올 만큼 감동했다.

몇 마디 더 하려던 사운평은 떨리는 조연홍의 눈을 보고 입을 다물었다.

—네가 실수해서 동판을 훔치지 못하면 잔금을 못 받잖아.

그 말은 하지 않는 게 나을 것 같았다.

‘자식, 꽤나 순진하단 말이야.’

어쨌든 의외로 쉽게 물건을 취했다. 하늘이 자신의 성공을 돕는 듯했다.

사운평은 더 이상 밖으로 나다니지 않고 방에서 자신이 가져온 물건을 감상했다.

한쪽에 있는 문양이 아무래도 글자 같았다.

“연홍, 이게 뭐 같냐?”

“무슨 영패 같은 것 아닐까요?”

조연홍의 말도 그럴듯했다. 하지만 영패라기에는 왠지 어울리지 않았다.

거무튀튀한 영패라니.

‘이숙에게 물어봐야겠군. 그 양반이라면 알지도 몰라.’

그는 묵반을 품속에 넣고 동판을 꺼내서 세세히 살펴보았다. 조연홍도 슬그머니 다가와서 고개를 쭉 내밀었다.

“너도 봐.”

사운평이 선뜻 동판 한 장을 건네주었다.

조연홍은 또 한 번 감동했다.

무총도일지도 모를 물건. 그게 아니어도 황금 오백 냥짜리 물건을 아무렇지도 않게 건네주다니.

대형은 정말 배포가 컸다.

사운평은 그렇게 조연홍을 감동시키고 동판을 요리조리 살펴보았다.

동판은 앞뒷면에 문양이 빼곡하게 새겨져 있었다.

‘이게 정말 지도일까?’

어떻게 보면 산세를 그려 놓은 것처럼 보이기도 했고, 어떻게 보면 복잡한 미로처럼 보이기도 했다.

하지만 아무리 봐도 의미를 알 수 없었다.

“무총도 같냐?”

한참 동안 동판을 살펴본 사운평이 조연홍에게 물었다.

아무래도 지도 같은 것은 도둑이 더 잘 알 것 아닌가?

뚫어지게 동판을 쳐다보던 조연홍이 곤혹한 표정을 지었다.

“지도는 아닌 것 같은데, 뭔가 좀 이상한 점이 있습니다.”

“뭐가?”

“여기 이 새처럼 생긴 문양이나, 고양이처럼 생긴 그림은 단순한 동물 그림을 떠나서 꼭 기문진의 방위를 뜻하는 것처럼 보여요.”

“확실해?”

“뭐 확실히 그렇다는 건 아니고요. 그럴 수도 있다는 정돕니다. 기문진이라고 하기에는 다른 문양들이 전혀 연결되지 않거든요.”

기대에 부풀었던 사운평의 얼굴에 실망감이 떠올랐다.

“그래?”

“근데 왜 이것을 황금 오백 냥이나 내면서 갖다 달라고 한 걸까요?”

“나도 그게 궁금해. 어쨌든 무총도가 아니어도 한 장에 황금 백 냥 짜리잖아. 횡재한 거지 뭐.”

오늘은 저녁을 먹지 않아도 배가 부를 듯했다. 물론 그렇다고 해서 굶을 생각은 없지만.

배가 고프면 잠이 안 오니까.

"밥이나 먹으러 가자."

동판을 살펴보다 보니 어느새 유시가 넘어가고 있었다.

다섯 장의 동판을 가죽 주머니 안에 넣은 사운평은 주머니를 품속에 넣고 일어났다.

그런데 두 사람이 문을 열고 밖으로 나갔을 때였다.

저만치에서 십여 명이 영빈관을 향해 빠른 걸음으로 다가오는 게 보였다. 개중에는 남사강과 소지안도 있었다.

'무슨 일이지?'

마당으로 나간 사운평이 빠르게 머리를 굴렸다.

다가오는 자들의 표정이 밝지 않았다.

뭐랄까, 믿었던 자에게 속은 사람의 표정이랄까? 아니면 이해할 수 없는 일에 마주친 사람의 표정?

좌우간 좋은 뜻으로 오는 것은 아닌 듯했다.

"마침 방에 있었군."

소지안이 앞장서서 다가오며 말했다. 목소리가 왠지 싸늘했다.

"식사를 하러 가려던 참이었소. 그런데 무슨 일이라도 있소?"

"한 시진 전 무양에서 풍혼당 민 당주가 정체 모를 자들과 싸워서 부상을 당했소. 대주 세 분 중 한 분은 그 자리에서 숨을 거두었고."

"그래요? 민 당주라면 제가 들어올 때 봤던 사람인 것 같은데. 도대체 어쩌다가 그런 일이 일어난 거요?"

"상대가 본 성을 모욕하는 발언을 했다 하오. 민 당주는 그 말을 듣고 격분해서 사과를 받으려고 했는데, 결국은 사과 대신 검을 겨누게 된 거요."

"어떤 미친놈들이 검천성의 당주 일행에게 싸움을 걸었단 말이오?"

"우리도 그자들의 정체를 알지 못하고 있소."

"허어, 그거 참. 그럼 범인들을 잡기가 쉽지 않겠군요."

"그런데 그 일을 조사하던 중 객잔의 점소이에게서 그들에게 동행이 있다는 정보가 입수되었소."

"그거 잘 됐군요."

"점소이 말에 의하면, 그들 중 하나는 대나무처럼 빼빼 마른 몸을 지닌 청년이라고 했소. 그리고 다른 한 사람은 색 바랜 검은색 경장을 입었는데, 옆구리에 칼을 차고 있다고 하더구려."

말을 맺는 소지안의 눈에서 한광이 번뜩였다.

사운평은 그의 말을 들으면서 확 짜증이 났다. 민평 일행과 싸웠다는 자들이 누군지 알 것 같았다.

'미치겠군. 얌전히 있을 것이지, 왜 일을 저질러?'

그러나 겉으로는 최대한 태연한 표정을 유지했다.

"누군지 몰라도 우리와 비슷한 모습이었나 보군요."

"글쎄, 비슷한 정도가 아닌 것 같은데?"

소지안의 말투도 달라졌다.

"설마 우리를 의심하는 것은 아니겠지요?"

"의심을 하는 게 아니라 확신을 갖고 있는 거지."

"하하하, 이거 참."

"사람이 죽지만 않았어도 큰 문제가 없었을 거다. 그러나 대주가

죽은 이상 그대 역시 책임을 면할 수 없다. 허튼 행동은 용서하지 않을 것이니, 이제부터 묻는 말에 순순히 대답하도록 해라.”

“그러니까, 우리가 그자들과 일행이다?”

“그럼 아니란 말이냐?”

“장로께선 어떻게 생각하십니까? 저희가 정말 그들과 일행처럼 보이십니까?”

남사강은 곤혹한 마음이었다. 민평이 부상을 입고 대주가 죽었다 하나 운정이란 자는 성주 부인을 구해 준 사람이다.

경중을 따진다면 비교할 수가 없었다.

더구나 직접 싸운 사람도 아니잖은가?

“솔직히 말해서, 나 역시 자네들이 그들의 일행이라 생각하고 있네. 그러나 자네는 우리 검천성에 큰 도움을 준 사람이 아닌가? 나는 자네에게까지 잘못을 묻고 싶지 않네. 그자들이 누군지, 그것만 말해 주게.”

사운평은 씁쓸한 표정으로 주위를 둘러보았다. 어느새 무사들의 숫자가 삼십여 명으로 늘어나 있었다.

“뭐, 좋습니다. 저도 솔직히 말하죠. 예, 맞습니다. 그들은 저희들 일행입니다.”

아닌 것처럼 버티던 사운평이 갑자기 사실을 시인하자 조연홍만 죽을 맛이었다.

‘도대체 어떻게 하려는 거지?’

“그런데 말이죠. 사실 그들과 우리는 만난 지 겨우 이틀밖에 되지 않았습니다. 그저 여기까지 오면서 동행한 관계에 불과하다, 이 말입니다. 그러다 보니 우리도 그들의 정체에 대해서는 잘 알지 못합니다.”

사운평의 말에 소지안이 냉랭히 코웃음 쳤다.

“흥! 거짓말로 어영부영 빠져나가겠다는 거냐?”

하지만 사운평은 남사강만 뚫어지게 쳐다보며 말했다.

“잘못도 없이 험한 꼴 당하기 싫어서라도 다 말씀드리고 싶습니다만, 아무리 다그쳐도 모르는 것을 알려줄 수는 없는 일 아닙니까?”

“정말 모른단 말이냐?”

“제 간이 조금 크긴 합니다만, 검천성 한 중앙에서 거짓말을 할 정도는 아닙니다. 그리고 한번 생각해 보십시오. 제가 검천성에 적대감이 있다면 뭐 하러 목숨을 걸고 도와줬겠습니까?”

남사강이 어색한 웃음을 지었다.

사운평의 말도 일리가 있었다. 더구나 들은 바로는 사대 삼으로 싸워서 당했다고 했다.

어떻게 생각하면 창피한 일이었다.

그때 서쪽 담장 쪽에서 누군가가 외쳤다.

“어서 빠져나오게! 우리가 도와줄 테니까!”

검천성 무사들의 눈이 그쪽으로 향했다.

사운평도 그곳을 바라보았다.

순간적으로 그의 눈초리가 흔들렸다.

‘저 인간들이 진짜!’

나승은 하루가 지나도 사운평에게 연락이 없자 초조해졌다.

사운평이 물건을 훔쳤다면 검천성이 시끄러울 텐데 너무나 조용했다.

혹시 잡힌 것 아닐까?

그렇다면 문제가 커질 수 있었다.

사운평이 고문을 못 이기고 사실을 밝히면 검천성의 칼이 백운장을 향하지 않겠는가 말이다.

'생포되었다면 죽여서 입을 막아야 해!'

각오를 다진 그는 조심스럽게 검천성으로 접근했다.

담장에 바짝 붙은 그는 슬쩍 몸을 띄우고는 담장 너머 안쪽을 살펴보았다.

그때 이십여 장 떨어진 곳에서 포위되어 있는 사람들이 보였다.

'저런! 들켰군!'

담장 위로 올라선 그는 협동 정신을 발휘해서 사운평을 향해 소리쳤다. 포위망을 형성한 무사들이 일부 자신들 쪽으로 이동하면 빠져나갈 구멍이 생길 거라 생각하며.

"어서 빠져나오게! 우리가 도와줄 테니까!"

"저놈들을 잡아라!"

소지안이 소리쳤다.

포위망을 형성한 무사 중 십여 명이 그들을 향해 달려갔다.

남사강은 잘 모른다는 자들이 검천성까지 와서 구하려 하자 눈살을 찌푸리며 사운평을 다그쳤다.

"어떻게 된 일인가?"

사운평은 방귀 뀐 놈이 성내듯이 버럭 소리를 질렀다.

"정말로 저를 못 믿겠단 말씀입니까?"

"그게 아니라……."

"자세한 사정은 나중에 말씀드리죠. 그럼 이만. 가자, 연홍!"

급박한 사연이 있는 것처럼 빠르게 말을 쏟아낸 사운평이 득달같이 몸을 날렸다. 조연홍도 기다렸다는 듯 전력을 다해서 뒤따라갔다.

남사강은 어안이 벙벙해서 바로 움직이지도 못했다.

대신 소지안이 검을 빼 들고 쫓아갔다.

"이놈! 거기 서라!"

第二章

딱 한 번뿐이오

사운평은 이십 리를 달려서 검천성의 추적을 따돌렸다.

계곡물이 흐르는 곳에서 걸음을 멈춘 그는 오륙 장 뒤에서 따라오는 나승을 노려보았다.

"도대체 도와주기 위해서 오신 겁니까, 아니면 방해하기 위해서 오신 겁니까?"

나승은 사운평의 달라진 얼굴을 보고도 일절 의심을 품지 않았다. 저렇게 툭툭 던져대는 건방진 말투를 쓰는 놈이 사운평 말고 또 누가 있겠는가?

"포위망에서 구해 준 사람에게 할 말은 아닌 것 같군."

사운평은 어이가 없었다.

나승이 그렇게 꽉 막힌 사람인 줄 알았다면 처음부터 절대 동행을 허락하지 않았을 텐데.

“우리가 왜 포위당한 줄 아쇼?”

“내가 그걸 어떻게 안단 말인가?”

“어떤 미친 자들이 무양진에서 검천성의 대주를 죽였다고 합디다. 그런데 그들 일행의 인상착의가 우리와 똑같다고 하더군요.”

그제야 상황을 깨달은 나승이 머쓱한 표정으로 슬그머니 고개를 돌렸다.

“그건 미처 생각을 못 했군. 하지만 너무 우리를 탓하진 말게. 그자들이 시비를 걸지만 않았어도 싸움이 나지 않았을 거네.”

“제가 듣기로는 당신들이 먼저 시비를 걸고 모욕을 했다던데?”

“웃기는 놈들이군.”

‘내가 보기에는 당신들이 더 웃겨!’

사운평은 목구멍까지 올라온 말을 눌러 놓고 몸을 돌렸다.

“그만 가자, 연홍.”

“예, 대형.”

사운평은 나승을 더 이상 상대하지 않고 북쪽을 향해 발걸음을 옮겼다. 나승이 눈살을 찌푸리며 사운평을 불렀다.

“잠깐.”

“또 뭐요?”

“상황을 모르는 것은 아니다만, 설마 이대로 돌아가겠다는 것은 아니겠지?”

“설마가 아니라, 돌아가려는 거요.”

“청부를 포기하겠다는 거냐?”

사운평은 대답을 잠시 망설였다.

동판이 무총도가 아닌 것은 분명한데 왠지 모르게 기이한 느낌이
들었다.

며칠 연구해 보고 넘겨줘도 되지 않을까?

공손가향의 도움으로 예상보다 훨씬 빠르게 얻은 터라 삼사일 여유
는 있을 듯했다.

하지만 그는 곧 마음을 다잡았다.

'아냐. 청부업은 신용이 생명이야. 동판이 아무리 대단한 물건이라
해도 신용보다 앞설 순 없지.'

"누가 포기한다고 했습니까?"

"그런데 왜 돌아가겠다는 거냐?"

"그거야 청부를 완수했으니 돌아가려는 거죠."

"……."

나승은 벙 찐 표정으로 사운평을 바라보았다.

사운평은 다시 고개를 돌리고 뿌듯한 마음으로 걸음을 옮겼다.

'잘했다, 사운평. 천하제일 해결사가 그까짓 동판에 마음이 흔들려
서 되겠어?'

"잠깐!"

나승이 다시 소리쳤다.

"거참, 귀찮게 하시네. 검천성에서 언제 쫓아올지 모르는데, 여기
서 잠깐이나 외치고 있을 겁니까?"

사운평은 나승에게 면박을 주고는 대답도 듣지 않고 빠르게 걸었
다.

속이 다 시원했다.

열심히 오십 리쯤 달리자 강상이라는 마을이 나왔다.

어둠이 세상을 뒤덮기 시작한 시각. 사운평은 밤을 보내기 위해서 객잔을 찾아보았다.

마침 마을 중앙에 허름한 객잔이 하나 있었다. 주로 지나가는 객에게 식사를 파는 곳인데, 방도 서너 개 있는 듯했다.

객잔에 들어가자 나승이 참고 참았던 질문을 해댔다.

"정말 동판을 빼냈단 말인가?"

"제가 왜 거짓말을 합니까?"

"그럼 줘 보게."

나승이 사운평을 뚫어지게 바라보며 손을 내밀었다.

사운평은 나승의 손과 눈을 번갈아 본 후 손을 가볍게 저었다.

"그렇게는 못합니다."

"왜 못 주겠다는 건가?"

"받고 싶으면 돈부터 내놓으쇼."

황금 천 냥이다. 두 가지 청부 중 하나라 해도 오백 냥이다.

그렇게 큰돈이 수중에 있을 리 없었다.

"백운장에 돌아가면 주겠네."

"우리의 거래 방식을 모르시는군요?"

"무슨 소린가?"

"돈도 안 받고 물건부터 넘겨주는 멍청이가 어디 있습니까?"

"준다고 하지 않았나?"

"백운장에 도착해서 돈을 받으면 당연히 넘겨줄 것이니, 그리 아십쇼. 물건만 받고 도망치면 돈을 누구에게 받으라고요?"

나승의 눈빛이 싸늘해졌다.

"도망? 네가 지금 나를 모욕하겠다는 거냐?"

"누가 누구를 모욕하고 있는지 모르시는군."

"뭐라?"

나승이 발끈해서 소리치자, 사운평이 무심하게 가라앉은 눈으로 말했다.

"나도 엄연히 일문의 문주요. 당신이 반말 찍찍 싸갈겨도 되는 사람이 아니란 말이오. 그나마 거래를 하는 관계라서 참고 있는 걸 다행으로 아쇼."

"훗, 참지 않으면? 장주께서 좋게 대해 주니까, 자신이 정말로 대단한 사람이라도 되는 줄 아는군."

"나는 말이오. 우리 천해문이 남에게 비웃음거리 되는 걸 바라지 않소. 그에 대해서만큼은 확실하게 짚고 넘어갈 거요."

"청부업이나 하는 문파도 문파는 문파다, 이건가?"

"점쟁이 집인 백운장은 뭐 얼마나 대단해서?"

"……."

점쟁이 집?

나승은 말문이 턱 막혔다.

그가 입을 꾹 닫고 쳐다보기만 하자, 사운평이 죄 없는 숙수만 다그쳤다.

"숙수! 왜 이렇게 요리가 늦는 거요?"

"이제 곧 나갑니다요!"

숙수가 고개만 내밀고 대답했다.

사운평은 그사이 부글부글 끓는 속을 가라앉히고 나승을 향해 말했다.

"당신이 아무리 뭐라고 해도, 돈을 주기 전에는 주지 않을 거요."

나승의 입술 끝이 위로 말려 올라갔다.

"그래도 내가 원한다면?"

사운평의 입가에 미소가 느릿하게 피어났다.

"아마…… 후회할 거요."

찰나!

나승이 앞으로 몸을 내밀며 벼락처럼 우수를 뻗었다.

손이 죽 늘어나는 것처럼 환영이 보일 정도로 빠른 속도.

갈퀴처럼 구부러진 손가락이 사운평의 가슴 옷자락을 잡아갔다.

턱!

나승의 우수는 사운평의 가슴을 세 치 두고 멈췄다.

본의가 아니었다. 그의 팔목이 사운평의 손에 잡혀 있었다.

"딱 한 번뿐이오, 봐주는 것은. 다음에는 손목이 부러질 거요."

사운평은 나직이 말하고 손을 놓아주었다.

나승의 눈빛이 거세게 출렁거렸다.

믿을 수가 없었다.

'놈이 손을 올리는 것도 보지 못했어.'

그저 희뿌연 뭔가가 탁자 밑에서 솟구치는 듯했다. 그걸 느꼈을 때는 이미 자신의 손목이 잡혀 있었다.

엽청원을 위기에서 구해줬다는 말을 대수롭지 않게 들었거늘. 그저

적을 상대할 때 잠깐 도와준 정도로 생각했거늘. 아무래도 그 정도가 아닌 듯했다.

그때 숙수가 요리를 들고 왔다.

나승은 마음을 가라앉히려 애쓰며 손을 거두었다.

'오늘은 내가 아쉬운 입장이니 굽힌다만, 곧 쓴맛을 보여 주마, 애송이.'

속으로 그렇게 자위해 보지만, 마음은 여전히 땡감을 씹은 듯 떫었다.

*   *   *

사운평이 나승과 신경전을 벌이고 있을 즈음, 검천성에서는 공손가향이 저녁 식사 자리에서 주철위에게 영검원의 일에 대한 이야기를 해 주었다.

그 이야기를 들은 주철위의 표정이 서서히 굳어졌다.

"그 친구에게 가죽 상자 안에 있던 동판을 주었다고?"

"그래요. 대신 옥비녀를 회수했어요."

공손가향이 줬다는 물건은 두 개였다.

동판과 납작한 묵반.

묵반에 대해서는 한 귀로 듣고 한 귀로 흘렸다. 기억에도 없는 물건이니까.

문제는 동판이었다.

주철위는 젓가락을 내려놓았다.

얼굴이 살짝 굳은 것 외에는 별다른 표정변화를 보이진 않았다. 그러나 마음은 조급하기 이를 데 없었다.

상대가 아무리 부인을 구해 준 자라 해도 그 물건을 줘서는 안 되었다.

절대로!

'너무 오래 방치했어.'

값어치가 없어서 신경을 쓰지 않은 것이 아니다. 자신이 신경을 쓰지 않아야만 다른 누군가도 그 물건이 자신에게 있다는 사실을 눈치채지 못할 것이기에 방치했을 뿐이다.

물론 철저히 비밀을 지켰다. 둘만 알아도 비밀이 아니니까.

그런데 그 기간이 너무 길었나 보다.

"중요한 물건인가요?"

"그건 아니오. 차라리 나에게 말하지 그랬소? 그랬으면 괜찮은 선물을 줬을 텐데."

"그런 자에게 너무 신경 쓰지 마세요."

"그래도 부인을 위기에서 도와준 자가 아니오?"

"도와준 일은 고맙지만, 그만한 대가를 줬으니 그걸로 됐어요. 그보다는 호정이의 원수를 갚는 일에 더 신경 써요. 그리고 산장의 일이나 더 도와주세요."

"나 역시 최선을 다하고 있소. 일단 철마문을 처리하고 나면 본격적으로 도울 생각이오."

"고마워요. 아버님께서도 상공이 적극적으로 도와주면 좋아하실 거예요. 솔직히 말해서, 검천성이 이만큼 커진 것도 산장 덕분이잖아요?"

"내 어찌 장인어른의 도움을 모르겠소? 걱정 마시구려."

담담히 대답하고 요리를 향해 시선을 돌린 주철위의 굵은 눈썹이 송충이처럼 꿈틀거렸다.

검천성이 클 수 있도록 천의산장이 도움을 준 것은 분명했다. 하지만 도움만으로 이만한 위치에 올라온 것이 절대 아니었다.

게다가 자신은 도움을 받은 것보다 훨씬 큰 대가를 치르지 않았던가.

이렇듯 부인에게 책망 받듯 뒷소리를 들을 이유가 없는 것이다.

"저도 상공이 잘 처신할 거라 믿고 있어요. 산장의 힘이 강해지면 결국 검천성에도 도움이 될 거예요."

과연 그럴까?

주철위는 공손가향의 말에 속으로 냉소를 지으면서도 겉으로는 고개를 끄덕였다.

주철위는 식사가 끝나자 자리에서 일어났다.

"부인은 들어가서 쉬시오. 나는 잠깐 남은 일 처리를 마저 하고 오겠소."

"그러세요."

방을 나온 주철위는 회랑을 걸으며 짧게 명을 내렸다.

"진영, 가서 중염을 신검전으로 데려오라."

"예, 성주."

그림자처럼 주철위를 따르던 호위 중 하나가 고개를 숙이고 뒤로 빠졌다.

잠시 후.

주철위는 집무실인 신검전에서 눈을 감고 동판을 떠올렸다.

가죽 상자를 얻었을 때, 상자 안에는 책 두 권과 동판이 들어 있었다.

책은 그가 읽을 수 없는 기이한 고대문자로 적혀 있었다.

그때 마침 처가인 천의산장에 고대문자 전문가가 있다는 걸 떠올린 그는 책을 처가로 보냈다.

그로부터 석 달 정도 지나 그의 생일이 되었을 때, 큰 처남인 공손무곡이 생일축하를 하기 위해서 직접 검천성을 찾아왔다.

그날 저녁……

이런저런 이야기를 하던 중 공손무곡이 물었다.

"그 책 외에 다른 것은 없었나?"

왠지 몰라도 이상한 느낌이 들었다. 아마 공손무곡의 눈빛에 서린 욕망을 봤기 때문인지도 몰랐다.

"허름한 상자 안에 책만 들어 있었습니다."

자신도 모르게 그렇게 대답했다. 동판에 대해서는 한마디도 하지 않고.

오히려 책의 내용에 대해서 넌지시 물어보았다.

"무슨 내용이 적혀 있습니까?"

"이제 겨우 몇 글자만 해석했을 뿐이네. 그래서 물어본 걸세. 혹시라도 책을 해석할 수 있는 단서가 상자 안에 있을까 해서.”

공손무곡은 그렇게만 말하고 자세한 이야기를 회피했다.

그 후 한 달이 지나서야 알았다. 그 책이 어떤 전설과 관련되어 있다는 걸.

그는 동판을 영검원의 영보각에 넣어 놓고 그 동판의 정확한 내력에 대해서 아무에게도 말하지 않았다. 설명서조차 사실을 약간 비틀어서 써 놓았다.

그러고는 행여나 천의산장의 눈이 자신을 감시할까 봐 근처에 가지도 않았다.

천의산장이 그 일에 대해서 잊을 즈음, 동판의 비밀을 밝혀볼 생각으로.

그런데…….

‘빌어먹을. 하필 그걸 가져가다니.’

금이 많이 섞여서 택했다고?

정말 어이없는 놈이 아닌가.

“사부님, 중염이옵니다.”

문밖에서 낭랑한 목소리가 들렸다. 주철위의 두 제자 중 하나인 사마중염이었다.

“들어오너라.”

문이 열리고 이십 대 후반의 청년이 들어왔다. 장대한 체구에 남자답게 생긴 선 굵은 얼굴. 기이하게도 그가 주호정보다 주철위를 더 닮은 듯했다.

주철위는 사마중염이 맞은편 자리에 앉자 굳은 표정으로 말했다.

"네가 강호로 나가야겠다."

"철마문 때문입니까?"

"아니다. 너는 이제부터 한 사람을 찾아라. 그리고 그에게서 한 가지 물건을 회수하도록 해라. 무슨 수를 써서라도 반드시 회수해야 한다. 갈 때 검천십령을 데려가도록 해라."

사마중염의 눈이 커졌다.

검천십령은 외부에 알려지지 않은 검천성의 비밀 무사조직 중 하나다. 그들을 세상에 내보내는 것은 물건을 회수하는 일이 그만큼 중요하다는 뜻.

커진 그의 눈에서 형형한 정광이 번뜩였다.

"회수해야 할 물건은 어떤 것입니까?"

"다섯 장으로 된 동판이다. 남 장로를 만나면 동판을 가져간 자에 대해서 자세히 알려줄 거다. 그자가 성을 떠난 지 얼마 되지 않았으니 남 장로를 만나 보고 바로 출발하도록 해라. 또 다른 일로 본성의 추적대가 그자의 뒤를 쫓고 있으니 찾는 것은 어렵지 않을 게야."

"예, 사부."

*　　*　　*

"저기 객잔이 있다. 조사해 봐라."

도둑답게 밤잠이 적은 조연홍이 그 소리를 제일 먼저 들었다.

재빨리 창문으로 다가간 그는 창문을 반 뼘만 열고 밖을 살펴보았다.

무사로 보이는 자들 몇 명이 객잔으로 다가오고 있었다.

검천성의 추격대인 듯했다.

'제기랄. 일찍도 쫓아왔네.'

"무슨 일이야?"

뒤에서 사운평의 목소리가 들렸다.

이미 뭔가를 느낀 듯 잠을 깨서 짜증 난 목소리는 아니었다.

"검천성 놈들이 이곳까지 쫓아온 모양입니다."

"할 일 되게 없나 보네. 철마문과의 전쟁에나 신경 쓸 것이지 우리를 왜 쫓아와?"

평소 때라면 자파의 무사가 죽었으니 쫓아오는 게 당연했다. 그러나 지금은 한쪽에서 전쟁이 벌어지고 있지 않은가?

한 사람의 죽음에 연연할 때가 아니었다.

어쨌든 그들이 쫓아온 이상 편히 잠자기는 다 틀렸다.

"나 씨를 깨워."

"예, 대형."

조연홍이 방을 나간 지 얼마 안 되어서 나승과 백운장의 무사 둘이 사운평의 방으로 건너왔다.

나승도 잠에서 깨었던 터라 사운평이 자신을 '나 씨'라고 부르는 소리를 들었다.

건방진 애송에게 뜨거운 맛을 보여 주고 싶었지만, 초저녁 일이 마음에 걸려서 꾹 참았다.

"검천성 무사들이 쫓아왔다고?"

"그렇소."

아무래도 나승을 보는 눈길이 곱지 않았다. 나승도 그걸 알았지만 모른 척했다.

"어떻게 할 건가?"

"어떻게 하긴 어떻게 합니까? 여길 떠나야죠."

"숫자가 많지는 않은 것 같은데……."

"많든 적든, 저는 여길 떠날 거니까, 싸우고 싶으면 혼자 싸우쇼. 아니지, 셋이군."

사운평은 쏘아붙이듯 말하고 방을 나섰다.

그때 객잔 안으로 들어온 검천성 무사가 소리쳤다.

"저기 놈들이 있다!"

사운평은 지체하지 않고 몸을 날려서 지붕 위로 올라갔다. 조연홍은 그림자처럼 뒤를 따라갔고.

뒤늦게 방을 나선 나승은 검천성 무사들이 달려들자 즉시 검을 뽑았다.

쩌저정!

병장기가 부딪치면서 날카로운 격돌음이 밤하늘을 울렸다.

검천성 무사 하나가 나뒹굴고, 하나는 뒤로 주르륵 물러섰다.

백운장의 무사 둘도 나승의 양옆에서 검천성의 무사들을 향해 짓쳐들었다.

순식간에 검천성 무사 넷이 부상을 당한 듯 비틀거렸다.

그때였다.

"저 양반들이 진짜!"

지붕 위로 올라갔던 사운평이 버럭 화를 내며 소리쳤다.

"검천성하고 웬수라도 질 작정입니까? 힘자랑 그만하고 튀어요!"

그러고는 따라오든 말든 조연홍과 함께 지붕 반대편으로 몸을 날렸다.

나승도 뒤늦게 자신의 실수를 깨달았다.

도망치듯이 떠나는 게 자존심 상해서 검천성 무사들을 공격했다.

그러나 여기서 또 몇 명 죽는다면 검천성의 추적은 더욱더 끈질기질 터. 자칫하면 문제가 커져서 백운장까지 드러날 수 있었다.

속이 뜨끔한 그는 좌우로 검을 휘둘러서 검천성 무사들을 물러서게 만들고 짧게 소리쳤다.

"가자!"

＊　　　＊　　　＊

사운평은 검천성의 추적을 따돌리기 위해서 백 리를 쉬지 않고 달린 후에야 걸음을 멈췄다. 어느새 구름이 별과 달을 가려서 어둠이 더욱 짙어졌다.

"우리 확실하게 짚고 넘어가죠."

"뭘 말인가?"

"도대체, 우리를 도와주러 온 거요, 방해하러 온 거요?"

나승은 입을 꾹 다문 채 아무 말도 못 했다.

속이 부글부글 끓었다. 마음 같아서는 주둥이를 뭉개주고 싶었다. 그러나 물건을 건네받기 전까지는 참아야 했다.

솔직히 꺼림칙하기도 했고.

백 리를 달린 놈이 숨결 하나 흐트러지지 않다니.

"또 그럴 거면 헤어져서 갑시다. 더 이상은 잠자다가 쫓겨나고 싶지 않으니까."

나승은 사운평의 시선을 피하며 짧게 대꾸했다.

"걱정 말게. 누가 건드리지만 않으면 나도 그럴 일 없으니까."

"좋습니다. 한 번만 더 믿어보죠."

정말 한 번 뿐이다. 앞으로 한 번만 더 그러면 치료비를 물어주더라도 참지 않을 생각이었다.

"대형, 저기 마을이 있습니다. 어떻게 할까요?"

조연홍이 말하면서 어색한 신경전이 막을 내렸다.

사운평도 고개를 돌렸다.

"그냥 통과하자."

나승이 눈살을 찌푸렸다.

잠도 제대로 못 자고 백 리를 달렸다. 공력소모가 상당해서 잠시라도 쉬고 싶었다.

게다가 구름이 잔뜩 낀데다 대기가 축축한 걸 보니 비가 내릴 것 같기도 했다.

"비가 올 것 같은데, 마을에서 쉬었다 가는 게 어떻겠나?"

사운평이 그를 흘겨보았다.

"검천성의 추적대도 그렇게 생각할 거요. 그들과 한바탕 하고 싶으면 마음대로 하쇼."

나승은 더 토를 달지 않았다. 같잖은 놈의 잔소리를 듣느니 쉬는 것을 포기하는 게 나았다.

'건방진 놈. 지금은 내가 아쉬우니까 참으마. 어디 나중에 두고 보자, 이놈.'

마을을 지나친 사운평 일행이 이십 리쯤 갔을 때 빗방울이 떨어지기 시작했다.

산 아랫자락을 지나던 사운평은 마침 얼마 떨어지지 않은 곳에 있는 낡은 사당을 발견하고 방향을 틀었다.

흙벽돌로 벽을 쌓고 지붕은 기와 대신 편석을 얹은 사당이었는데, 위쪽의 경첩이 떨어져서 문이 삐딱하게 틀어진 건물 안에는 석불이 있었다.

넓이는 열 평 정도. 다섯 명이 들어가서 쉬어도 충분할 듯했다.

"여기서 비가 멈출 때까지 쉬었다 가죠."

"검천성의 추적대가 쫓아올지 모른다고 하지 않았나?"

나승이 은근슬쩍 비꼬듯이 말했다.

마을에서 쉬자고 할 때는 안 된다고 하더니, 비가 오니까 쉬자고? 비 맞기는 싫은가 보지?

하지만 사운평은 그 말에 눈썹 한 올 끄떡하지 않았다.

"그럼 당신들은 비 맞으면서 계속 가든가. 연홍, 들어가자."

한두 방울씩 떨어지던 비가 본격적으로 내리기 시작했다.

사운평은 벽에 등을 기대고서 눈을 감은 채 상천보리선공을 속으로 암송했다.

나승이 노려보든 말든 신경도 쓰지 않았다.

'빌어먹을 놈. 누가 저놈을 키웠는지 몰라도 골치 좀 썩었겠군.'

나승은 어둠 속을 환하게 꿰뚫어볼 수 있는 절정 고수가 아닌가. 그는 칼날처럼 번뜩이는 눈빛으로 사운평을 갈기갈기 난도질했다.

마음 같아서는 주먹으로 얼굴이 떡이 되도록 두들겨 패고 싶었다. 특히 주둥이를 뭉개버리면 속이 다 시원할 것 같았다.

'객잔에서는 내가 너무 방심했어.'

설마 저딴 놈이 자신보다 강할까?

슬그머니 주먹을 움켜쥐는 나승의 눈빛이 싸늘하게 번뜩였다.

그때 사운평이 번쩍 눈을 떴다.

사운평의 얼굴을 노려보고 있던 나승은 눈이 마주치자, 자신도 모르게 시선을 옆으로 돌렸다.

뒤늦게 아차, 하는 마음이 든 그는 눈에 힘을 주고 다시 사운평을 노려보았다.

언뜻 사운평의 입술 끝이 위로 올라가는 듯 느껴졌다.

비웃어?

울컥, 화가 솟구친 나승은 주먹을 움켜쥐었다.

'저놈이 어디서!'

그때 사운평이 물었다.

"한 가지만 물어봅시다."

움찔한 나승이 인상을 썼다.

"뭘 물어보겠다는 거냐?"

"평범한 점집에 왜 당신 같은 강호의 고수들이 있는 거요?"

‘점집’이라는 말에 나승의 표정이 괴이하게 일그러졌다.

그러나 겉으로 보기에는 점집이 분명한 만큼 뭐라 반박할 수도 없었다.

“우린 백운장의 호위…….”

“호위 같은 말씀은 마시고, 우리 까놓고 솔직해져 봅시다. 백운장이 혹시…… 비밀 문파 같은 곳 아니오?”

“무, 무슨 헛소리를 하는 거냐?”

“아니면 말지, 왜 말을 더듬는 거요?”

“내, 내가 언제 말을 더듬었다고…….”

반박하던 나승이 입을 꾹 다물었다. 더 말해봐야 자신만 우스운 꼴이 될 듯했다.

사운평도 그쯤에서 딴청을 피웠다.

“하긴 점집도 호위가 필요하긴 하죠. 잘못 알려줬다고 따지러 오는 사람이 많을 테니까. 근데 비가 멈출 생각은 않고 점점 거세지네? 이러다 하루 종일 내리는 거 아냐?”

비는 동이 터오는데도 멈추지 않았다.

그 덕에 사운평은 상천보리선공을 스무 번이나 암송했다.

어느 때보다 집중이 잘되어서, 느낌만으로는 선공이 한 단계 발전한 듯했다.

그렇게 날이 완전히 밝았을 즈음, 사운평이 엉덩이를 털고 일어났다.

“배가 고파서라도 안 되겠다. 비를 좀 맞더라도 그만 가자.”

사운평이 엉덩이를 털고 일어났다.

나승은 비를 맞는 게 마음에 들지 않았지만, 동판을 구한 이상 머뭇거릴 여유가 없었다.

그런데 사당의 문턱을 넘어서던 사운평이 멈칫했다.

"응?"

뒤따라서 나가려던 나승이 눈살을 찌푸렸다.

"또 뭐냐?"

"비 오는 날 불청객은 안 반가운데……."

사운평은 눈을 가늘게 좁히고 사당을 나서서 전면을 쓰윽 둘러보았다.

초립을 쓴 자들 십여 명이 사당을 향해서 다가오고 있었다.

그들은 등과 옆구리에 무기를 차고 있었는데, 비가 마치 그들을 피해서 내리는 듯했다.

'검천성 놈들인가?'

기존 추적대와는 차원이 다른 고수들이었다. 복수를 하기 위해서 쫓아왔다고 보기에는 지나칠 정도로 강한 자들.

"비를 맞고 쫓아온 보람이 있군."

가운데 서 있던 이십 대 후반의 청년이 담담한 미소를 지으며 말했다.

사운평은 아무것도 모르는 척 고개를 갸웃거리며 물었다.

"우리를 아쇼?"

"그대가 운정이라는 자군."

자신이 검천성 사람들에게 댄 가명을 알고 있다.

검천성에서 나온 자들이라는 뜻.

"그렇소. 그렇게 묻는 분은 뉘시오?"

"나는 검천성의 사마중염이라고 하네."

사운평은 사마중염이라는 이름을 듣고 놀란 표정을 지었다.

'이자가 주철위의 대제자?'

"대주의 복수를 하겠다고 검천성주의 대제자가 직접 나설 줄은 몰랐군요."

"나는 그 일 때문에 나선 것이 아니네."

"그럼 무슨 일로 우리를 찾아온 거요?"

"자네가 가져간 물건만 내놓는다면, 본 성에서도 그 일에 대해서는 더 이상 책임을 추궁하지 않을 거네."

"가져간 물선? 무슨 말을 하는지 모르겠군요."

"자네도 모르지는 않을 거야. 내가 원하는 물건은 자네가 영보각에서 가져간 동판이니까."

생각지도 못한 사마중염의 말에 사운평이 의아한 표정을 지었다.

"동판? 그건 제가 가져간 것이 아니라, 성주 부인께서 저에게 선물로 준 것입니다만."

"나도 그리 들었네."

"그런데 왜 돌려달라는 거요?"

"사모께선 그 물건을 외부인에게 주면 안 된다는 걸 미처 모르셨네. 그래서 회수하려는 거네."

"준 걸 다시 빼앗겠다? 검천성도 생각보다 쪼잔하군요."

비웃음이 느껴지는 말투.

사마중염의 굵은 눈썹이 꿈틀거렸다. 하지만 그는 마음의 동요를 누르고 담담한 어조로 말했다.

"그냥 돌려달라는 것이 아니네. 대신 그 이상의 대가를 지불하지."

"호오, 그래요?"

사운평이 휘둥그레진 눈으로 반색하자, 사마중염이 품속에서 주머니를 꺼냈다.

주머니는 기름이 칠해진 듯 번들거렸는데, 그는 그 안에서 전표로 보이는 두꺼운 종이를 꺼냈다.

"금자 백 냥짜리 전표네. 금원전장에서 발행한 것이지. 이 정도면 동판에 대한 대가로 충분할 것 같네만."

"금자 백 냥? 동판이 그렇게 비싼 물건이었단 말이오?"

"반드시 동판 때문에 주는 것만은 아니네. 자네가 사모를 위기에서 구해 준 것에 대한 보답이지."

"생각해 주셔서 고맙긴 한데, 솔직히 나는 동판이 더 마음에 드는군요."

사마중염의 눈빛이 차갑게 식었다.

수많은 물건 중 금이 섞인 동판이어서 선택했다고 했다. 당연히 금자 백 냥이라면 넙죽 절하며 받을 줄 알았다.

그런데 거부하다니!

"지나친 욕심은 화를 부르는 법이네. 이 금액이면 평생 고생하지 않고 살 수 있을 것이니 동판을 내놓게."

"에이, 그래도 대검천성이 사모를 구해 준 대가로 금자 백 냥이면 너무 짠 것 아니오?"

"그 점은 우리도 고맙게 생각하고 있네. 사부님께서도 그걸 알기 때문에 백 냥을 하사하신 거네."

"뭐, 무슨 말씀인지 모르진 않겠는데, 백 냥과 바꾸긴 싫소."

사마중염의 몸에서 빗물이 튀었다. 노기를 참는 듯 눈꺼풀마저 파르르 떨렸다.

"좋아, 그럼…… 오십 냥을 더 주지."

"흠, 오십 냥을 더 준다면 백오십 냥이란 말인데……."

백오십 냥이 아니라 이백오십 냥을 줘도 동판을 넘겨줄 수는 없다.

그럼에도 사운평은 저울질하는 표정을 취하며 대답을 망설였다. 동판에 별다른 뜻이 없다는 것을 보여 주기 위해서였다.

그런데 그때…….

"아무리 많은 돈을 줘도 동판은 넘겨줄 수 없으니 포기하시지."

잘난 나승이 끼어들었다. 사운평이 행여나 금자 백오십 냥에 동판을 넘길까 봐 걱정되기라도 한 듯.

'아, 진짜!'

사운평이 잔뜩 인상을 쓰며 나승을 노려보았다.

자신이 영보각에서 동판을 선택한 것에 다른 이유가 있다는 걸 알면 안 된다.

그래서 검천성의 눈을 속이려고 열심히 머리를 굴리고 있는데, 알지도 못 하면서 초를 치다니!

짜증이 확 치밀었다.

"당신은 좀 빠져 있으쇼!"

"흥! 나는 동판 넘겨주는 걸 절대 허락할 수 없다."

미칠 일이다.

그렇게 말하면 사마중염이 '아, 그러세요?' 할 줄 아나?

'별 볼 일 없는 동판을 왜 끝까지 지키려고 할까?' 그런 의심이나 사지 않으면 다행이지.

"아직 돈도 다 주지 않았으니, 아직은 내가 동판의 주인이오!"

사운평은 사마중염이 눈치채지 못하게 하려고 잔머리를 최대한 굴렸다. 마치 나승과 동판에 대한 거래를 한 것처럼.

그러나 나승의 눈치는 객잔 앞에 앉아 있는 강아지만도 못했다.

"잔금은 처음부터 나중에……."

『입 다무쇼! 눈치가 그렇게 없소? 내가 처음부터 남의 부탁 때문에 동판을 노렸다는 걸 다 까발릴 작정이오?』

결국 사운평이 전음을 보낸 뒤에야 나승이 실수를 깨닫고 엉뚱한 소리를 멈췄다.

'제기랄!'

그때 왠지 이상한 생각이 든 사마중염이 검천십령에게 눈짓을 보냈다.

묵묵히 서 있던 검천십령이 물 흐르듯 좌우로 미끄러지며 사운평 일행을 포위했다.

"마지막으로 말하마. 지금이라도 동판을 돌려준다면 약속한 돈을 주겠다."

"후우. 나도 그랬음 좋겠는데, 이분이 반대를 하는군요."

사운평이 한숨을 내쉬며 어깨를 으쓱 추켜올리자, 사마중염이 검천십령을 향해 슬쩍 고갯짓을 했다.

검천십령 중 셋이 무기를 빼며 나승을 향해 쇄도했다.

나승은 실수도 만회할 겸, 이 기회에 자신의 진짜 실력을 보여 주겠다는 듯 우뚝 서서 검을 빼 들었다.

"흥! 얼마든지 상대해 주마!"

그의 좌우에 서 있던 백운장의 무사 둘이 먼저 앞으로 뛰어 나가며 검천십령을 맞이했다.

쩌저정!

격돌음과 함께 빗방울이 폭발하듯 사방으로 튀었다.

바로 그때, 사운평과 조연홍이 거의 동시에 신형을 날렸다.

방향은 나승과 백운장 무사를 공격하는 검천십령이 서 있던 서쪽.

사운평과 조연홍이 빗속을 뚫고 날아가는 제비처럼 순식간에 포위망을 빠져나가자, 검천십령 중 둘이 뒤를 쫓았다.

금방이라도 협상을 할 것 같던 사운평이 도주하자, 사마중염이 다급히 소리치며 땅을 박찼다.

"멈춰라!"

그사이 검천십령과의 거리를 벌린 사운평이 뒤를 향해 소리쳤다.

"아무래도 오늘 협상은 틀린 것 같소! 나중에 봅시다!"

그러고는 숲 속으로 뛰어들며 나승을 향해서 한마디 더 추가했다.

"동판을 갖고 싶으면 당신이 그들을 막으쇼!"

사마중염도 뒤에 남은 검천십령에게 명을 내렸다.

"그자를 도주하지 못하게 하시오!"

아침부터 빗속을 달리는 마음이 오죽할까.

거기다 짜증 나는 일까지 겹치면 당연히 말이 험악하게 나올 수밖에 없다.

"빌어먹을 인간. 싸우다가 확 뒈져 버려라!"

사운평은 나승에게 저주를 퍼부었다.

주철위가 동판을 찾아오게끔 시켰을 때는 그만한 이유가 있다고 봐야 했다.

'어쩌면 동판의 가치에 대해서 알고 있었을지도 몰라.'

그런 이유가 아니고서야 대가로 금자 백오십 냥을 주겠다고 할 리가 없다. 그것도 철마문과의 전쟁 중에 대제자를 보냈지 않은가.

문제는 정말로 그럴 경우였다.

주철위가 추적을 포기하지 않을 테니까.

"연홍."

"예, 대형."

"혹시 위조범 중에 아는 사람 없어? 왜 도둑들은 위조범들과도 친할 거 아냐?"

"가짜를 만들게요?"

'척'이면 '착'이다.

확실히 눈치는 조연홍이 나승보다 백 배 나았다.

"실력이 뛰어난 자라면 구별하기 힘들 정도로 위조할 수 있을 것 같은데. 알아, 몰라?"

"실력이 기가 막힌 사람이 있긴 있는데, 정밀하게 위조하려면 꽤 많은 돈을 줘야 할 겁니다."

"얼마나?"

"은자 백 냥은 줘야 할 겁니다."

큰돈이긴 하지만 그 정도는 감수할 수 있었다. 어차피 검천성에서 받아내면 되니까.

"그 사람, 어디 살지?"

"천하 삼대위조범 중에 한 사람이 낙양에 산다는 말을 사부님께 들은 적이 있습니다."

"잘 됐군."

동생 하나는 잘 둔 것 같다.

'자식, 쓸모가 많단 말이야.'

사운평이 흐뭇해하며 마저 물었다.

"어디 사는지도 알아?"

"그것까진 모릅니다. 사부님이 미처 말씀을 안 해 주시고 돌아가셨거든요."

"그래?"

'쓸모가 많긴 한데 아직 경험이 부족하군.'

뭔가를 알려면 철저히 알아 놓아야지 말이야.

第三章

오래전에 사라진 자들

사운평이 사당을 떠난 뒤 검천십령은 여덟은 더욱 강하게 나승과 백운장 무사를 몰아붙였다.

그들의 무위는 개개인이 당주급 간부들과 비교해도 크게 뒤지지 않았다. 거기다 연수합공에 능해서 더욱 위협적이었다.

그중 넷이 나승을 합공했다.

나승이 강하다 하나 넷의 합공을 막기에는 역부족이었다.

결국 그는 극한의 상황이 아니면 절대 사용해선 안 되는 숨겨둔 힘까지 끌어냈다.

콰과광!

빗속에서 요란한 폭음이 터져 나왔다.

생각지도 못한 강력한 반격!

단 일검에 검천십령 중 둘이 뒤로 튕겨졌다.

“조심해라! 놈이 실력을 숨기고 있다!”

“놈이 빠져나가려고 한다! 막아!”

나승은 상대가 전열을 가다듬기 전에 땅을 박차고 허공으로 솟구쳤다.

검천십령 중 셋이 그를 쫓아서 신형을 날렸다.

바로 그때, 백운장 무사 둘이 그들의 전면으로 뛰어들었다.

“어서 가십시오!”

“우리를 죽이기 전에는 못 간다!”

두 사람 역시 숨겨두었던 무공을 펼쳐서 검천십령을 막았다. 그들이 숨겨둔 무공을 펼치자 검천십령 중 둘을 상대하고도 크게 밀리지 않았다.

그사이 나승은 이를 악물고 재차 도약해서 포위망을 완전히 빠져나갔다.

검천십령 중 셋이 나승을 추적하고 나머지는 백운장 무사들을 공격했다.

나승을 놓치자 화가 난 그들은 모든 분노를 백운장 무사 둘에게 쏟아냈다.

결국 오 초가 지날 즈음, 백운장 무사들이 피를 뿌리며 차례차례 쓰러졌다.

두 사람을 쓰러뜨린 검천십령은 나승이 도주한 곳을 향해 신형을 날렸다.

“대공자를 찾아봐!”

한편, 사마중염은 검천십령 둘과 함께 사운평의 뒤를 쫓았다.

그는 오 리를 추적하고 걸음을 멈췄다.

사운평과 조연홍이 어디로 사라졌는지 보이지 않았다.

"젠장!"

사마중염이 비에 흠뻑 젖어 있는 숲을 바라보며 짜증 섞인 욕을 내뱉고 이를 악물었다.

머릿속에서 맴도는 의문이 점점 크기를 키워갔다.

도대체 그 동판이 뭐기에 금자 백오십 냥을 준다 해도 마다한단 말인가?

자신이 아는 한, 운정이란 자는 그 동판을 성주 부인에게 선물로 받았을 뿐이다. 동판에 비밀이 숨겨져 있다 해도 알 수가 없었을 텐데, 왜?

아무리 생각해봐도 뭔가가 있는 것 같은데 바로 떠오르지 않았다.

곤혹한 표정을 짓고 있던 사마중염은 상황을 처음부터 짚어보았다.

'남 장로를 찾아온 그가 먼저 영보각을 구경하고 싶다는 말을 했다고 했어.'

그 후 우여곡절 끝에 공손가향과 함께 영보각에 들어갔다.

그런데 의외로, 그자는 금이 많이 섞였다는 이유 때문에 동판을 선택했다.

처음에만 해도 그저 '멍청한 놈' 정도로 생각했다.

그 많은 물건 중 동판을 택하다니.

정말 한심한 놈이 아닌가 말이다.

그러나 다시 생각해 보니 이상한 점이 한둘이 아니었다.

자신이 본 운정은 어수룩하지도 않았고, 금에 환장한 자도 아니었다.

게다가 그의 동료라는 자는, 마치 자신이 그 동판의 주인이라도 되는 것처럼 말했다.

그리고 '잔금은 처음부터 나중에…….' 라고도 했다.

문득 어떤 생각이 뇌리에 번쩍였다.

'만약 그가 처음부터 동판을 노리고 영보각에 들어갔다면?'

그 가정이 사실이라면 모든 의문이 일거에 해소된다.

"빌어먹을! 아무래도 동판의 비밀부터 알아봐야겠어."

사부는 왜 철마문과 전쟁을 벌이고 있는 급박한 상황에 자신과 검천십령을 보낸 걸까?

*　　*　　*

사마중염은 추적을 검천십령에게 맡겨 놓고 검천성으로 돌아갔다.

주철위는 사마중염의 이야기를 듣고 표정이 굳어졌다.

"네 말을 듣고 보니 이상한 점이 한둘이 아니구나."

"동판에 대해서 좀 더 확실한 사실을 말씀해 주십시오, 사부님. 놈들을 잡고 동판을 회수하려면 뭐든 하나라도 더 알아야 하지 않겠습니까?"

잠시 생각을 가다듬은 주철위는 자신이 아는 사실을 말해 주었다.

"나도 아직 그 동판에 어떤 비밀이 숨어 있는지는 정확히 모른다."

"예?"

사마중염은 주철위의 말을 이해할 수 없었다.

"다만, 그 비밀이 우리 검천성의 미래를 좌우할 만큼 중요하다는 것만큼은 분명하니라."

그 말은 더더욱 이해하기가 힘들었다.

알지도 못하는 비밀이 검천성의 미래를 좌우하다니.

"혹시 동판과 관련된 또 다른 비밀이라도 존재하고 있는 겁니까?"

그 말에 주철위가 무겁게 고개를 끄덕이고는 사마중염을 직시했다.

"이제부터 하는 말은 누구에게도 해선 안 된다. 네 부인에게도."

사마중염은 주철위의 눈을 피하지 않았다.

"네 사모도, 호상이도 지금 하려는 이야기는 알지 못하고 있다."

주철위의 이어진 말에 사마중염의 표정이 돌덩이처럼 굳었다.

도대체 얼마나 중요한 비밀이기에 부인과 자식에게도 말하지 않았단 말인가.

물론 그는 그 이유를 짐작 못 하는 바가 아니었다.

공손가향은 남편인 주철위보다 천의산장의 뜻을 더 중요시한다. 주호상은 부친보다 모친을 더 따르고.

한편으로는 감격으로 가슴이 뭉클했다.

사부의 그 말인 즉, 자신을 부인이나 자식보다 더 믿어준다는 뜻이 아니겠는가.

"제자, 목숨을 걸고 맹세하겠습니다."

"좋다. 그럼 말해 주마. 그 동판이 든 상자에는 본래 책이 두 권 들어 있었다. 그런데……."

주철위는 동판에 얽힌 사정을 모두 이야기해 주었다. 자신이 추측

하고 있는 사실까지 모두.

"……내 생각으로는, 그 책과 동판이 전설로 전해지는 이백 년 전의 그들과 관련되어 있는 것 같다."

사마중염이 눈을 부릅떴다.

그도 '전설의 그들'에 대해서 알고 있었다. 그들이 얼마나 두려운 자들이라는 것도.

"정말 그들과 관련되어 있는 물건이라 보십니까?"

"칠팔 할은 확실해. 그래서 반드시 회수하려는 거다. 이제부터 너는 따로 보고할 필요 없이 검천십령과 함께 그들을 쫓아라. 필요한 것이 있으면 언제든 연락하고."

"예, 사부. 반드시 동판을 찾아서 돌아오겠습니다."

주철위는 각오를 다지는 사마중염을 보며 무겁게 고개를 끄덕였다.

언뜻 그의 두 눈에 측은해하는 눈빛이 떠올랐다 사라졌다.

'미안하다, 중염. 아비가 되어서 아들에게 아들이라고도 부르지 못하는 날 용서하지 마라.'

*　　*　　*

사운평과 조연홍은 검천성이 따라붙을까 봐 쉬지 않고 달렸다. 덕분에 해가 지고 얼마 되지 않았을 때 낙수를 건널 수 있었다.

역용을 지운 두 사람은 성으로 들어갔다.

임풍의 집에는 영소와 이문, 언소소와 언송초만 있었다. 풍죽괴와 삼불자, 초혜는 보이지 않았다.

"생각보다 일찍 왔구먼. 그래, 청부받은 물건은 얻었나?"

언송초가 스윽, 사운평의 가슴을 훑어보며 말했다.

"다행히 하늘이 도와주었죠. 역시 사람은 맘 착하게 살고 볼 일입니다. 제가 아마 남을 속이고 다녔다면 어림도 없었을 겁니다."

은근한 비꼼.

언송초가 왜 사운평의 말뜻을 모를까?

하지만 그는 아무렇지도 않은 척 빙그레 웃었다.

"암, 그래야지. 그런데 백운장에서 청부했다는 물건을 나도 좀 보면 안 될까?"

"청부자 외에는 아무에게도 보여줄 수 없습니다. 이해하십쇼. 그런데 풍죽괴 어르신과 삼불자 어르신은 어디 가셨습니까?"

"우리도 놀고만 있을 순 없잖은가? 풍 늙은이는 저 아래쪽의 싸움이 어떻게 되어가고 있는지 알아보러 갔네. 그리고 삼불 늙은이는 영호명을 찾으러 나갔지."

영호명은 사운평도 만나보고 싶은 사람이었다.

"삼불자 어르신이 영호명 어르신을 잘 아십니까?"

"잘 안다기보다 두어 번 만난 적이 있네. 우리 사괴 중에서는 그래도 삼불 늙은이가 그와 제일 친하지."

꼭 친해서 그가 간 것만은 아니다. 영호명은 언송초를 좋아하지 않았다. 언송초가 가봐야 역효과만 날 터. 그래서 함께 가지 않고 그만 보냈다.

'흠, 풍죽괴가 옥천산으로 갔단 말이지?'

일단 그에게 양천의 행방을 알아 놓으라고 하면 시간을 아낄 수 있을 듯했다.

　행방을 찾는 일 때문에 금보다 더 귀한 시간을 마구 허비할 수는 없는 일 아닌가.

　그런데…… 정말 그에게 일을 시킨 사람이 이청산일까?

　'사실이면 어떻게 하지?'

　사운평은 대충 이야기가 끝나자 이문의 방으로 들어갔다.

　누워 있던 이문이 반색하며 반겼다.

　"왔는가?"

　"초혜는 어디 갔수?"

　"만구점에 가 있네. 지하 창고의 정보를 파악하기 위해서 식사 시간 외에는 그곳에서 지내지."

　조금 아쉬웠다. 초혜의 요리를 먹을 생각으로 저녁 식사를 거르고 왔거늘.

　"천의산장 사람들이 아직도 남화장에 있수?"

　"여전히 낙양을 수색하고 있네."

　"꽤 끈질기군요."

　"갔던 일은 잘되었나?"

　이문의 질문이 떨어지자 사운평의 어깨에 힘이 들어갔다.

　"물건 하나 갖고 나오는 일인데요 뭐. 그 정도야 일도 아니죠. 하, 하, 하."

　성공했다는 뜻.

　이문은 더 묻지 않았다. 물어보아 봐야 거들먹거리는 모습만 볼 게 뻔했다.

"이숙, 혹시 기공산이란 자를 아쇼?"

이문의 눈이 동그래졌다.

"기공산? 그자는 왜 찾는가?"

"일을 맡길 것이 있어서 그럽니다."

"그자는 위조 전문가인데? 그건 알고 물어본 거겠지?"

"물론이죠. 동곽통(東槨通)에 산다고 들었는데, 지금도 거기 사는지 모르겠군요."

"그는 지금 그곳에 없네. 동곽통의 집이 불났거든. 그가 직접 불을 냈지만."

자신의 흔적을 지우기 위해서.

"그래요? 그럼 지금은 어디에 삽니까?"

＊　　　＊　　　＊

낙양의 서문 외곽.

길이 미로처럼 뒤엉킨 거리에 사운평과 조연홍이 들어선 것은 해시를 얼마 앞두지 않았을 무렵이었다.

두 사람은 이문이 그림까지 그려가며 설명해 준 이야기를 떠올리며 복잡한 미로 안쪽으로 들어갔다.

기공산의 위조술은 타의 추종을 불허했다. 그가 만든 물건은 주인조차 진품과 구별을 할 수가 없을 정도였다.

한 번은 그의 조카가 옥에 갇히자 낙양성주의 직인을 위조해서 석

방명령서에 찍었는데, 아무도 그 직인이 진짜인지 위조된 것인지 가려내지 못했다.

심지어 성주 본인이 절대 찍지 않았다고 했는데도, 직인을 비교해 본 사람들은 성주가 술에 취해서 찍었을 거라며 성주의 말을 믿지 않았다.

어쨌든 그는 온갖 물건을 위조하며 죽을 고비를 몇 번이나 넘긴 터라, 자신의 거처를 철저하게 숨기고 극소수의 사람들에게만 공개했다.

그 극소수의 사람 중 하나가 바로 이문이었다.

탕탕. 탕. 탕탕.

사운평은 검게 칠해진 대문을 이문이 가르쳐준 대로 두 번, 한 번, 두 번 연이어 두드리고 기다렸다.

얼마나 지났을까, 안쪽에서 늙수그레한 목소리가 들렸다.

"누굴 찾아오셨수?"

"공산이란 사람이 여기 산다고 해서 왔소."

"이곳에 그런 사람은 살지 않수."

"서문로 이숙의 말에 의하면, 위산에서 이곳으로 이사 왔다고 하던데. 정말 없소?"

"무슨 일을 맡기려고 왔는지 몰라도 그런 사람은 살지 않으니 그만 가시구려."

"그거 아쉽군요. 은자 백 냥짜리 일거리를 가져왔는데."

안에서 잠시 침묵이 흘렀다.

사운평은 말이 들릴 때까지 기다렸다. 평범한 대화 같았지만, 그 안에는 두 개의 암호가 들어 있었다.

"서문로 이가는 숭산에 갔다고 들었는데, 정말 그가 보냈소?"

"숭산에 가기는커녕 뼈마디가 다 부서져서 꼼짝도 못 하고 있소. 싫다면 돌아가겠소."

그 후로 다섯을 셀 즈음, 빗장 열리는 소리가 들리더니 칠순은 될 법한 노인이 머리를 내밀었다.

"들어오쇼."

사운평은 노인을 따라서 지하로 내려갔다. 기공산은 자신의 목숨을 지키기 위해서 지하 깊숙한 곳에 거처를 마련해 놓고 숨어서 지냈다.

그의 나이는 오십 대 중반. 광대뼈가 툭 튀어나온 얼굴에 염소수염, 실처럼 가느다란 눈. 무척 날카로운 인상이었다.

"이문이 보냈다고?"

"그렇소."

"무슨 일을 맡기려고 왔는가?"

사운평은 그에게 동판 하나를 건네주었다.

잠시 후, 기공산은 동판을 세밀히 살펴보고 고개를 들었다.

"이 동판을 똑같이 만들어 달라?"

"그렇소. 단, 문양은 조금씩 달라도 상관없소."

"그럼 위조되었다는 걸 들키지 않겠나?"

"외형만 똑같이 만들면 되오. 문양은 중요하지 않으니까."

동판이 든 가죽 상자에 먼지가 쌓여 있었다. 오랫동안 영보각에 동판을 보관하고 쳐다보지 않은 듯했다.

그렇다면 복잡한 문양을 정확히 기억하고 있진 않을 것이다.

"흠, 그렇다면야 어려울 것 없지."

"다섯 장을 만들려면 며칠이나 걸리겠소?"

"아무리 빨리 잡아도 사흘은 걸릴 것 같군."

"비용은?"

"금이 많이 섞여서 자재비가 많이 들어가겠어. 다섯 장 모두 합해서 은자 백 냥만 내게."

"생각했던 보다 배는 비싸군."

"이것저것 빼고 나면 남는 것도 없네."

"좋소. 나도 구질구질하게 흥정하지 않겠소. 마음에 들게만 만드쇼. 그럼 백 냥 모두 낼 테니까. 대신 내일 밤까지 만들어 주시오."

기공산의 눈이 휘둥그레졌다.

"내일 밤까지? 자넨 내가 도술을 부리는 사람인 줄 아나 보군. 천하의 누구도 다섯 장이나 되는 동판을 하루 만에 만들 순 없네. 문양이 오죽 복잡한가?"

"똑같이 만들라는 건 아니잖소?"

"아무리 그래도 하루는 너무 짧아."

"실력이 역조맹이란 사람만 못한 모양이군요. 그자라면 하루도 걸리지 않을 텐데 말이오."

역조맹은 조연홍이 말해 준 천하 삼대위조범 중 하나다.

사운평의 말을 듣고 기공선의 눈빛이 파르르 떨렸다.

역조맹은 천하 삼대위조범 중 하나일 뿐만 아니라, 기공산의 최대 난적이었다.

"뭐, 하루 만에 만들려면 힘들긴 하지만 전혀 불가능한 일도 아니지."

"호오, 그래요? 역시 소문대로 대단한 실력이군요."

"험, 그 정도에 놀라긴……."

"좋소. 그럼 귀하에게 맡기죠. 그리고 비용도 선불로 주겠소."

"젊은 친구가 화통하군."

"사람 보는 눈이 있으시군요. 하, 하, 하."

"그런데, 다섯 장 모두 문양이 같아야 되나?"

"이걸 보고 만들면 되오."

사운평은 줬던 동판마저 회수하고는, 동판의 문양을 탁본한 종이를 내밀었다.

탁본된 문양을 본 기공산이 잔뜩 인상을 썼다.

탁본을 잘못 떴는지 문양이 자세하지 않고 아리송한 곳이 많았다.

하긴 사운평이 먹을 고의로 칠하지 않은 곳도 있어서 알아보기가 힘들 수밖에 없었다.

"이 그림을 보고 만들려면 힘들겠는데……."

"문양이야 비슷하게만 보이면 되오. 역조맹이라면……."

탕!

탁자를 손바닥으로 내리친 기공산이 허리를 폈다.

"좋네! 해 보지. 단, 열 냥을 추가로 더 지불하게. 탁본을 뜬 것이어서 문양을 거꾸로 다시 그린 다음에 만들어야 하거든."

사운평의 눈매가 날카롭게 치켜 올라갔다.

"그 정도는 그냥 해줘도 되잖소?"

"우리 세계에 공짜는 없네. 화통한 친구가 열 냥 가지고 왜 그러나?"

"……정 받아야겠다면 드리죠."

백 냥은 아깝지 않은데, 추가로 지불하는 열 냥은 더럽게 아까웠다.

그래도 위조품이 완성되면 최소한 금자 백오십 냥이 생길 것 아닌가?

아쉬움을 접은 사운평이 주의를 주었다.

"물건이 완성되면 모든 것을 잊어야 하오."

"걱정 말게. 우리 같은 사람은 뭐든 빨리 잊어야 하네. 나는 자네를 만난 것도 잊을 거야."

"약속을 지키지 않으면…… 후회하게 될 거요."

반 협박조로 말을 마친 사운평이 조연홍을 돌아다보았다.

"연홍, 네가 이분을 도와줘라. 아무래도 내일까지 만들려면 도움이 필요할 거야."

도움은 핑계일 뿐. 혹시나 엉뚱한 짓을 하지 못하게 감시하라는 뜻이다.

조연홍은 눈치 빠르게 사운평의 말뜻을 간파했다.

"예, 대형."

사운평이 기공산의 지하거처에서 나왔을 때는 해시 정이 다 된 시각이었다. 조연홍이 따라 나왔다.

"밤을 낮처럼 생활하는 걸 보면 도둑놈이나 위조범이나 오십보백보인 것 같아. 안 그래, 연홍?"

"조금은 그런 편이죠."

조연홍은 순순히 수긍했지만 불만이 없는 건 아니었다.

'그렇게 말하자면 살수나 해결사도 도둑놈과 다를 거 없지 뭐.'

"물건이 완성되면 즉시 가져와."

"예, 대형."

"동판과 관련된 흔적은 일체 남기지 말고 모두 회수해."

"당연하죠."

"그럼 수고해라."

*   *   *

아침이 되자 영소가 쪼르르 달려왔다.

"문주님, 화정루 지붕에 파란 천이 걸렸어요."

사운평은 뒷마당으로 나가서 화정루 지붕을 바라보았다. 대충 찢어서 걸어 놓은 것처럼 보이는 하늘색 천이 신경질적으로 휘날리고 있었다.

'나승이 돌아왔나?'

자신이 본 검천성의 무사들은 무척 강했다. 그들의 포위망을 뚫고 도주했다면 나승의 무공이 겉보기보다 더 강하다는 뜻이었다.

'어쩌면 숨겨두었던 무공을 썼을지도 모르겠군.'

초혜의 요리는 역시 객잔의 음식에 비할 바가 아니었다. 간단한 재료로 요리했는데도 맛이 끝내줬다.

느긋하게 초혜의 요리를 즐긴 사운평은 얼굴과 머리를 약간 손보고 옷까지 갈아입은 후 칼을 놔둔 채 집을 나섰다.

천의산장은 물론이고 검천성까지 추적에 나선 판이었다. 한순간도 방심할 수가 없었다.

주위를 주의 깊게 살펴보며 상선로를 빠져나온 사운평은 백운장으로 향했다. 백운장에서 연락을 취한 것이라면 굳이 다향다루에 갈 이유가 없었다.

그때였다.

막 길을 꺾어지는데 저 앞쪽에서 빠르게 다가오는 자들이 보였다. 탐랑군과 유수를 비롯한 천의산장 무사들이었다.

'제기랄. 저놈들은 왜 철수를 안 하는 거야?'

그런데 이상했다. 빠른 걸음으로 이동하는 그들의 얼굴이 굳어 있었다. 초조감마저 느껴질 정도.

'무슨 일이 있나?'

피하기에는 이미 늦은 상황. 딴청을 피우면서 곁눈질로 그들을 살펴보았다. 청각도 바짝 곤두세웠다.

그의 뒤쪽으로 스치듯 지나가는 천의산장 무사들 사이에서 탐랑군과 유수의 대화소리가 들렸다.

"신궁 놈들이 왜 또 건너왔다고 보십니까?"

"숫자로 봐선 본 장의 움직임 때문에 나온 것은 아니야. 명령이 있기 전까지는 싸움을 피하도록 해.”

“신궁의 무사들을 공격했다는 자들이 누군지 모르겠군요.”

“나도 그게 의문이네. 왠지 느낌이 이상해. 아주 수상한 놈들…….”

거리가 멀어지면서 목소리가 점점 작아지더니 곧 들리지 않았다.

‘신궁 사람들이 또 황하를 건너왔단 말이지?’

사운평은 미간을 좁혔다.

그런데 이상하게도 신궁보다 나중에 들린 ‘수상한 놈들’이라는 말이 마음에 걸렸다.

멋모르고 건들지 않는 이상 낙양에는 신궁의 무사들과 싸울 만한 세력이 없다. 신궁을 위협할 만한 세력은 더더욱 없고.

그런데 말투로 봐서는 누군가에게 공격을 받아서 피해를 입은 듯했다.

‘아니지, 전혀 없는 것은 아냐.’

신궁, 정확히는 삼룡맹의 움직임에 자극을 받을 만한 자들이 있다.

비천문의 제자들.

백운장에 도착한 사운평은 안내를 받아서 내실로 들어갔다.

탁자 건너편에 나승이 앉아 있었는데, 당연하게도 그리 좋은 표정은 아니었다.

모습이 완전히 달라진 사운평이 앞자리에 앉자, 나승이 눈을 좁히고 쳐다보았다. 사운평인지 확신을 못 하는 눈치였다.

“무사했군요.”

“대단한 역용술이군. 하마터면 몰라볼 뻔했어.”

‘정말 몰라봤으면서.’

사운평은 속으로 나승을 비웃으면서도 겉으로는 표내지 않았다.

잔뜩 불만이 쌓인 나승이다. 자존심을 건드려서 좋을 것 없었다.

“아, 오면서 봤더니 화정루에 천이 걸렸던데요?”

“내가 걸었지.”

“역시 그랬군요. 그런데 다른 분들은 무사하신지 모르겠군요.”

“내 뒤를 막아주고는 빠져나오지 못했네.”

대답하는 나승의 눈빛이 싸늘해졌다.

―그들이 죽은 건 너 때문이야!

마치 그렇게 말하고 싶은 표정이었다.

“저런. 정말 안타까운 일이군요.”

“자네들이 조금만 도와줬어도 그렇게 당하진 않았을 거네.”

지금 책임을 뒤집어씌우겠다는 거야?

은근히 짜증이 난 사운평이 목소리를 높였다.

“그러게 왜 자꾸 나서서 일을 키웁니까? 차라리 그냥 도망쳤으면 사람이 죽지는 않았을 것 아닙니까?”

나승이 사운평을 노려보았다. 하지만 그도 자신의 실수를 모르지 않기에 속으로 분을 삭였다.

그때 백원양이 들어왔다.

“물건을 얻었다고 들었네.”

“그렇습니다. 잔금을 지불하면 내드리죠.”

“먼저 물건을 봤으면 싶군. 우리가 찾는 것이 맞는지 확인은 해봐야 하지 않겠나?"

사운평이 어깨를 으쓱하고는 품속에서 천으로 감싼 동판을 꺼냈다.

"보시죠. 단, 탁자 위에 놓고 보셔야 합니다."

"그러지."

사운평이 동판을 탁자 위에 깔아 놓았다.

백원양의 눈빛에서 열기가 피어났다. 그때만큼은 나승도 사운평에 대한 원한(?)을 잊고 동판에 집중했다.

얼마나 지났을까, 백원양이 깊게 가라앉은 목소리로 말했다. 마치 난관을 무사히 통과한 사람이 안도의 한숨을 쉬는 듯했다.

"진품이군."

그때 나승이 참지 못하고 동판을 향해 손을 뻗었다.

하지만 그보다 먼저 사운평이 손이 동판 위를 쓸고 지나갔다.

얼마나 빠르던지 탁자 위로 희끗한 손그림자가 스쳐 간 순간 동판이 사라진 것처럼 보일 정도였다.

"돈을 내기 전까지는 안 된다고 했소만."

"흥!"

오기가 생긴 나승이 코웃음 치고는 사운평의 손목을 잡아갔다.

사운평도 손을 거둬들이지 않고 맞섰다.

찰나 간에 사운평과 나승의 손이 탁자 위에서 어지럽게 교차했다.

그러다 어느 순간.

두 사람의 손바닥이 정면으로 얽혀들었다.

떠덩!

짧은 충돌음. 얼굴이 일그러진 나승이 의자에 앉은 채 뒤로 밀렸다.

"크읍."

신음을 삼킨 그가 왼손을 부여잡고 사운평을 노려보았다.

손목이 기묘하게 틀어진 걸 보니 강력한 충격에 탈골이 된 듯했다.

'그러게 왜 덤벼?'

사운평은 속이 다 시원했다. 하지만 겉으로는 아무 일도 없었다는 듯 차가운 눈빛을 번뜩이며 나승을 응시했다.

"참는 것도 마지막이라고 저번에 말했을 텐데? 당신의 그 잘난 성격 때문에 수하들이 검천성에 당했다는 걸 아직도 모르는 거요? 하나만 알려주죠. 어쩌면 당신의 그 오기 때문에 이제는 그들의 눈이 이곳으로 향할지도 모르오. 그에 대한 책임을 나에게 뒤집어씌울 생각은 아예 하지도 마쇼."

그 말에 백원양이 흠칫했다.

"무슨 말인가?"

"저 사람에게 물어보십쇼. 무슨 일이 있었는지. 보아하니 검천성을 얕보고 있는 모양인데, 그들이 신주구세로 불리는 것에는 그만한 이유가 있기 때문이죠. 그 점을 모르고 자만하면 언제고 많은 피를 볼 수밖에 없을 겁니다."

백원양의 표정이 딱딱하게 굳어졌다.

나승을 바라보는 그의 눈빛도 전에 없이 차가워졌다.

그도 안다. 나승의 성격이 급박하다는 걸. 그럼에도 놔둔 것은 나승의 형이 자신의 친우이기 때문이었다.

"자네 방으로 돌아가 있게."

"저는 그저……."

"자세한 것은 나중에 묻겠네. 가서 탈골된 손목부터 맞추게."

이를 지그시 악문 나승은 사운평을 한 번 노려본 후 자리에서 일어났다.

그가 방을 나가자 백원양이 사운평을 향해 시선을 돌렸다.

"검천성이 정말로 동판을 찾기 위해서 추적해 올 거라고 보는가?"

"그렇습니다. 주철위가 동판의 가치를 알고 있었던 모양입니다. 동판을 되찾기 위해서 사마중염까지 보냈다는 것은 포기할 마음이 없다는 뜻 아니겠습니까?"

"그가 동판의 가치를 알고 있다고?"

"자세한 것은 모를지 몰라도, 뭔가를 알고 있으니 되찾으려는 거겠지요."

"으으음."

"그만 가봐야겠습니다. 잔금을 주신다면 동판을 드리죠."

백원양은 품속에서 전표를 꺼내 주었다. 금자 사백 냥. 선수금 이백 냥 중 절반까지 합쳐서 오백 냥을 준 셈이었다.

전표를 받은 사운평은 동판을 건네주었다. 그리고 넌지시 물어보았다.

"혹시 어제오늘 사이에 신궁 사람들과 다툰 적 없습니까?"

"신궁?"

되묻는 백원양의 표정이 미미하게 흔들렸다.

"산서의 구양신궁 말입니다. 아, 옛날에는 구양문이라고도 불렸죠."

사운평은 자연스럽게 질문을 하면서 백원양을 떠보았다.

'구양문'이라는 이름이 나온 순간 백원양의 눈빛이 출렁거렸다.

하지만 그는 곧 마음을 가라앉히고 영문을 알 수 없다는 듯 말했다.

"우리 쪽 사람들이 그들과 싸웠다는 말은 들어보지 못했네. 그런데 왜 갑자기 그 이야기를 꺼내는가?"

"오는 도중에 천의산장 사람들이 하는 말을 들었습니다. 신궁 사람들이 누군가와 대판 싸웠다고 하더군요. 그런데 말투로 봐서는 신궁이 밀린 모양입니다."

"신궁이 밀렸다고? 누군지 몰라도 대단한 자들이군."

"그 일 때문에 천의산장이 의혹을 품고 움직였습니다. 만약 그들이 제 삼의 세력이라면 이번 일을 크게 후회할 겁니다."

사운평은 넌지시 말하면서 백원양의 표정을 살펴보았다.

백원양의 표정이 급격하게 굳어가고 있었다. 나름대로 짐작 가는 바가 있는 듯했다.

'한 번 물어볼까?'

그러나 사운평은 목이 근질거리는 것을 겨우 참아냈다.

궁금하긴 하지만 그 일에 깊게 관여해봐야 좋을 게 없었다.

돈 받고 팔 수 있는 정보를 공짜로 알려준 것도 그 때문이 아닌가.

"그럼 이만 가보겠습니다. 혹시라도 저희가 필요하시면 이전과 같은 방법으로 연락을 주십시오."

사운평은 포권을 취하며 작별인사를 건네고 몸을 돌렸다.

그때 백원양이 은근한 어조로 말했다.

"나중에 할 일을 지금 청부해도 되겠나?"

사운평은 왠지 모르게 그 청부를 받고 싶지 않았다. 느낌이 수상했다.

재수 없으면 바늘 하나 찾겠다고 늪에 빠져서 허우적거리는 꼴이 될지도 모를 일. 이연연 같은 여자를 만나서 오손도손 살고 싶은 그는 위험을 자초하고 싶지 않았다.

그런데 백원양이 말을 덧붙였다.

"천 냥을 주지. 물론 황금으로."

사운평은 조금 전의 수상한 느낌을 싹 날려 버리고 밝은 표정으로 돌아섰다.

금자 천 냥이라면 늪이 아니라 똥물 속에 빠진 바늘도 찾아줄 수 있었다.

"물론 예약 청부도 가능합니다. 일단 청부 내용을 들어보죠."

*　　　*　　　*

"어이가 없군."

객잔에 머물고 있던 등초력은 난데없이 터진 돌발 상황에 짜증이 났다.

그 여우같은 놈을 찾기 위해서 제일 먼저 낙양부터 훑어볼 생각이었다.

놈은 하루 사이로 백마사를 오갔었다. 그렇다면 낙양 어딘가에 그 놈의 자취가 남아 있을 것이 아닌가 말이다.

그런데 낙양성 외곽을 뒤지던 중 생각지도 못한 무리와 충돌했다.

문제는 그 싸움에서 정예무사 다섯을 잃었다는 것이다.

"놈들의 정체가 수상합니다. 낙양에 들어와 있는 천의산장 사람들 외에 그렇게 강한 자들이 있을 만한 문파가 낙양에는 없습니다."

상관수혁이 자신의 생각을 말했다.

등초력도 그의 생각에 동의했다.

"나 역시 그렇게 알고 있다. 아무래도 놈들의 정체를 정확히 알아봐야겠어."

그때 밖에서 긴장된 목소리가 들렸다.

"등 대협, 천의산장의 탐랑군께서 찾아오셨습니다."

등초력의 눈빛이 차갑게 가라앉았다.

자신들이 낙양에 들어와 있다는 사실을 천의산장이 모를 리 없다는 것쯤은 이미 짐작하고 있던 터였다. 하필이면 일이 터졌을 때 찾아온 것이 마음에 걸릴 뿐.

"안으로 모셔라."

곧 탐랑군과 유수가 방 안으로 들어왔다.

"오랜만이오, 등 대협."

"어인 일이오?"

"먼저 무사들의 죽음에 심심한 애도를 표하는 바요."

"고맙소. 아, 이쪽은 궁주의 둘째 아들인 수혁이오."

"상관수혁이라 합니다."

고경천이 흠칫하며 급히 포권을 취했다.

"궁주의 둘째 공자께서 오셨을 줄은 미처 몰랐소. 고경천이오."

간단하게 인사를 주고받은 그들은 곧장 본론으로 들어갔다.

"등 대협께서 낙양에는 무슨 일로 오신 거요?"

"알아볼 일이 있어서 왔소."

"설마 저번에 이어서 이번에도 묵계를 어길 생각은 아니겠지요?"

"묵계는 지켜야지요. 그런데 지금 천의산장이 철마문을 공격하는 것에 대해서는 뭐라 말해야 되는지 모르겠소. 본 궁에서는 그 일을 매우 심각하게 생각하고 있소만."

"철마문을 공격하는 것은 외손자에 대한 복수일 뿐이오. 맹약과는 상관없는 일이오."

"그럼 철마문을 물리친 후 완전히 산장으로 복귀한다고 봐도 되겠군요."

"그 일을 내 어찌 마음대로 왈가왈부할 수 있겠소?"

"그럼 완전 복귀를 하지 않을 수도 있단 말이군요."

"그 일 역시 장주께서 판단하실 문제외다."

두 사람의 대화가 겉돌 즈음, 등초력이 냉랭한 표정으로 말했다.

"우리 쓸데없는 말씨름으로 시간을 보내지 맙시다."

"무슨 말씀이신지?"

"그 일 때문에 온 것이 아닌 것 같은데? 내가 잘못 본 거요?"

등초력이 단도직입적으로 묻자, 탐랑군도 더 이상 말을 돌리지 않았다.

"좋소이다. 그럼 말씀드리지요. 신궁의 무사들을 공격했다는 자들에 대한 정보를 얻으려고 왔소이다."

"왜 그들에 대한 정보가 필요한 것이오?"

"언젠가부터 수상한 자들이 낙양 인근에 출몰해서 피를 뿌리고 있었소. 그런데 그들의 정체가 오리무중이오. 해서 이번 기회에 그들의 정체를 밝혀보려는 거요.”

“그들에 대해서 짐작하는 바가 있는 것처럼 보이는데. 안 그렇소?”

등초력이 좀 더 깊숙이 파고들었다.

탐랑군 고경천은 숨을 들이켜고 등초력을 직시했다.

그는 자신의 말이 얼마나 큰 파장을 일으킬지 잘 알고 있었다. 그러나 말하지 않을 수도 없었다.

상대가 자신이 생각한 자들이라면 혼자서 감당할 만한 일이 아니었다. 산장에 도움을 요청하기에는 시간이 없고.

“말씀드리지요. 이 고 모는…… 그들이 바로 오래전에 사라진 자들이 아닌가 생각하고 있소이다.”

등초력의 눈빛이 번갯불처럼 번뜩였다.

평소 쉽게 흔들리지 않는 그의 성격을 생각하면 놀라운 반응이었다.

“그들이 오래전에 사라진 삼비(三秘)일지 모른다?”

삼비. 삼룡회가 비천문의 제자들을 통칭할 때 쓰는 말이다.

그 말을 들은 고경천의 눈빛이 세차게 출렁거렸다.

“현재로선 그럴 가능성이 높소.”

“탐랑군의 말씀도 일리가 있습니다, 등 숙.”

상관수혁이 고경천의 말에 동조했다. ‘삼비’라는 단어를 듣고 흥분한 듯 얼굴이 벌겋게 상기되어 있었다.

“삼룡이 움직이니까 더 참지 못하고 두더지 굴에서 기어 나왔다?”

“충분히 그럴 수 있는 일입니다.”

등초력의 이마에 파인 주름이 깊어졌다.

고경천의 말이 사실로 드러난다면 엄청난 충격파가 강호를 뒤흔들 터. 여우같은 놈이 가져간 무공을 회수하는 일 따위는 비교도 되지 않을 정도로 중대한 사건이었다.

그는 한광이 번뜩이는 눈빛으로 고경천의 눈을 똑바로 바라보았다.

"탐랑군, 그 일이 얼마나 중대한지 귀하도 잘 알 거요."

고경천은 등초력의 얼음 칼날 같은 눈빛을 피하지 않았다.

"내 어찌 모르겠소이까."

"잘못된 판단이라면, 세상에 우리만 드러나는 우를 범할 수도 있소."

"저 역시 그 사실을 잘 알고 있소이다. 그 때문에 확인할 것이 있어서 곧바로 찾아온 거요."

"확인할 것? 뭘 말이오?"

"시신의 상흔."

등초력의 눈빛이 다시 번쩍였다.

"그렇군. 미처 그들이라는 생각을 못해서 깜박했어."

"아마도 자신들의 무공을 숨기려 했겠지만, 어딘가에는 그 흔적이 남아 있을 거요."

第四章

문제가 많은 문파

　백운장을 나선 사운평은 열심히 주위를 살피며 임풍의 집을 향해 걸었다.

　다행히 천의산장이나 신궁의 무사들은 보이지 않았다.

　'장원을 하나 알아볼까?'

　천해문의 문도가 늘어나고 있었다. 앞으로도 더 늘어난다고 봐야 했다. 임풍의 집으로는 한계가 있었다.

　아주 큰 장원이 아니라면 지금 가진 돈만으로도 충분히 살 수 있을 것 같았다.

　천해문의 문주. 그럴듯한 장원의 장주.

　생각만 해도 뿌듯했다.

　정주의 광귀가 일 년도 안 되어서 출세했군!

　양천에 대한 일도 초혜를 시켜서 풍죽괴에게 말을 전했으니 곧 어떤 답장이 올 것이다.

모든 일이 순조로웠다.

장안의 일만 무사히 처리된다면 천해문도 한 단계 더 발전하리라.

'그럼 진짜로 어엿한 문파의 문주가 되는 거지. 음하하하.'

한껏 좋은 기분으로 걸음을 옮기던 사운평은 객잔 앞을 지나가다가 고개를 좌측으로 틀었다.

거지나 다름없는 차림을 한 장한이 객잔 앞에 서 있었다.

점소이가 그에게 삿대질을 해댔다.

"돈이 없다면서 어딜 들어와? 돈이 없으면 돈이 될 만한 뭐라도 있어야지? 개방 거지들에게 맞아죽기 전에 꺼져!"

덤불처럼 헝클어진 머리카락, 수세미처럼 거친 수염, 헤진 옷. 묵묵히 서 있는 장한은 삼십 대로 보였다.

헝클어진 머리카락 사이로 보이는 얼굴은 각진 턱과 튀어나온 광대뼈, 쑥 들어간 눈으로 인해서 무척 거칠고 강하게 느껴졌다.

그를 살펴보던 사운평의 눈이 가늘어졌다. 인상은 둘째 치고, 내면에 도사린 힘이 굉장했다.

자신의 몸이 반사적으로 경계심을 발동할 만큼 강한 기운을 품고 있는 자가 점소이에게 혼나고 있다니.

'점소이가 겁도 없군.'

장한이 손가락 하나만 툭 튕겨도 인생 종 칠 텐데.

장한이 지금은 아무런 말도, 행동도 보이지 않지만 화나면 또 모를 일이다.

몸을 돌린 사운평 장한에게 다가갔다. 장한을 위해서라기보다는 가

없은 점소이를 구해 주기 위해서였다.

'소화루의 점소이였던 조삼 형도 멋모르고 강호의 무사에게 대들 었다가 맞아죽었지.'

"돈이 없어서 그러쇼?"

장한은 시선을 천천히 돌려서 사운평을 바라보더니 고개를 끄덕였다.

"나중에…… 준다고 했더니…… 안 된다는군."

말투가 어눌했다. 마치 오랫동안 말문이 막혔다가 이제 막 트인 사람 같았다.

꼭 연연이처럼.

"말투를 보니 이곳 사람이 아닌가 보군요?"

"이십 년 만에…… 세상으로…… 나왔다."

이십 년 만에 세상으로 나와?

"그럼 그동안 뭘 했수?"

장한은 바로 대답을 이마를 찌푸렸다. 계속 말을 붙이는 사운평이 귀찮아서 그런 것만은 아닌 듯했다.

마치 뭐라고 말할까 고민하는 표정?

두어 번 이마를 찡그린 그가 말했다.

"산속에 있었다."

사운평은 그의 말을 믿었다.

슬쩍 내린 시선에 장한의 커다란 손이 들어왔다. 일반 사람의 손보다 배는 클 듯했다.

'무시무시하군.'

그 커다란 손의 거무스름한 손등에 그물처럼 갈라진 자국이 나있었
다.

손바닥이 귀면처럼 갈라진 사람이 있다는 말은 들은 적이 있었다.
그러나 손등이, 주먹이 저처럼 온갖 흉터로 얼룩진 사람이 있다는 말
은 들어보지 못했다.

그래서 믿는 것이다.

장한은 산속에서 이십 년 동안 주먹을 쓰는 무공을 단련하며 지냈
을 가능성이 컸다.

'옷을 벗기면 몸은 더 볼만할 거야.'

아마 자신의 몸에 난 상처보다 많으면 많았지 적지는 않을 듯했다.

사운평은 장한이 무척 마음에 들었다.

특히 주먹이.

정말 멋진 주먹이 아닌가 말이다.

"가죠, 제가 점심을 살 테니까."

"나는…… 남의 신세…… 지고 싶지 않다."

"신세야 갚으면 되죠."

"그런가?"

장한은 다시 한 번 이마를 찡그리더니 순순히 몸을 돌렸다.

사운평은 장한을 상선로 인근의 작은 객잔으로 데려갔다. 그곳은
외진 골목 안에 있어서 천의산장의 눈길이 닿지 않을 만한 곳이었다.

장한도 화려한 곳보다 조금은 허름하게 보이는 그곳이 마음에 든
듯 굳었던 표정이 처음보다 풀어졌다.

“이름이 어떻게 되쇼?”

“궁탁.”

“낙양에 아는 사람은 있어요?”

“없다.”

“그럼 낙양에는 무슨 일로 오신 거요?”

“웅이산에서 무작정 동쪽으로 걷다 보니 낙양이더군.”

“아는 사람도 없고, 목적도 없이 무작정 오셨단 말씀이오?”

장한이 눈살을 찌푸리더니 천천히 고개를 저었다.

“목적은 있다.”

“그래요?”

“여무량을 만나야 한다.”

“양천일수 여무량?”

사운평의 눈이 커졌다.

“그를 아나?”

“이름은 들었죠. 그런데 그 사람은 왜 만나려는 거요?”

“승부를 가려야 하니까. 돌아가신 사부의 마지막 소원이다. 그가 어디에 사는지 아는가?”

“지금은 모르지만, 알려고 하면 알아낼 수는 있죠.”

“그래?”

“일단 식사를 하고나서 알아보죠.”

사운평이 싱긋 웃으며 답했다.

일전에 이문이 말한 사람 중 여무량의 이름이 있었다. 그라면 여무량이 사는 곳도 알 것이다.

　　　　　*　　　*　　　*

　　사운평은 궁탁을 임풍의 집으로 데려갔다.

　　영소와 언소소가 뜬금없는 손님을 보고 눈살을 찌푸렸다. 어디서 거지를 데려왔나 싶은 눈치였다.

　　언송초는 문을 살짝 열고 게슴츠레한 눈으로 장한을 바라봤는데, 두 눈에 긴장감이 떠올랐다.

　　"누군가?"

　　"오다가 만난 분입니다. 뭐 좀 알아볼 게 있다고 해서 함께 왔죠."

　　"청부금을 낼만한 사람은 아닌 것 같은데?"

　　"하, 하. 제가 뭐 돈벌레인 줄 아십니까? 가끔은 공짜로 해줄 때도 있어야죠."

　　언송초가 입술 끝을 씰룩였다.

　　돈벌레 맞잖아? 그런 표정으로.

　　사운평은 개의치 않고 궁탁과 함께 이문의 방으로 안내했다.

　　"가시죠, 궁 형."

　　이문은 역시나 여무량이 사는 곳을 알고 있었다.

　　"그는 천의산장에 있네."

　　"그래요?"

　　"십여 년 전에 들어갔지."

　　궁탁이 그 말을 듣고 무뚝뚝한 어조로 물었다.

"천의산장은 어디에 있지?"

사운평은 사실대로 말해 주었다.

"낙양에서 남쪽으로 삼백 리 정도 떨어진 구절산에 있죠. 근데 천의산장에 대해서 아십니까?"

"모른다."

"한마디로 말해서, 천의산장은 궁 형이 혼자서 어떻게 할 수 있는 곳이 아닙니다."

"나는 여무량만 만나면 된다."

"그게 쉽지 않다는 거죠. 그곳에는 여무량 정도 되는 고수가 수십 명이나 되거든요. 아마 무작정 가면 여무량과 싸우기도 전에 다른 사람을 수십 명은 상대해야 할 겁니다."

"여무량 같은 고수가 수십 명?"

"그 사람보다 강한 사람도 많죠."

무뚝뚝한 장한의 얼굴에 처음으로 놀란 표정이 떠올랐다.

"그게 사실인가?"

"제가 밥을 샀다는 것보다 더 확실한 사실이죠."

잠시 눈썹을 송충이처럼 꿈틀거리며 고민하던 장한이 다시 물었다.

"어떻게 해야 그를 만날 수 있지?"

"마침 우리도 천의산장에 볼일이 있으니, 일단 우리와 함께 지내면서 그를 불러낼 방법을 생각해 보는 게 어떻겠습니까?"

"정말 그를 따로 불러낼 수 있나?"

"천의산장에 두 번이나 가봤습니다."

그뿐인가? 물건도 빼냈다.

"그 일은 저에게 맡기십시오. 다른 사람이라면 청부금을 받아야 하는데, 궁 형에게는 공짜로 해드리겠습니다."

"청부금?"

"제 직업이 남의 일을 대신해 주는 겁니다. 가끔은 위험할 때도 있지만, 돈벌이도 괜찮고 나름대로 재미도 있죠."

"나는 신세를 지고 싶지 않다. 가진 것이 없으니 몸으로라도 때우겠다. 주먹을 쓸 일 있으면 말해라."

"하, 하, 하. 뭐 정 그러시다면 나중에 필요할 때 말씀드리죠."

사운평이 흐뭇하게 웃었다.

그가 궁탁을 집까지 데려온 이유는 바로 그 말을 듣기 위해서였다.

방문 쪽에서 가만히 듣고 있던 언송초는 사운평의 속셈을 눈치채고 진심으로 감탄했다.

'정말 대단한 놈이야. 어떤 때는 나보다 더하다니까?'

그때였다. 거지같은 옷 때문에 신경을 미처 쓰지 못했던 궁탁의 주먹이 그의 눈에 들어왔다.

표정이 묘하게 틀어졌다.

그는 아주 오래전에 그와 비슷한 주먹을 본 적이 있었다.

'뭐, 뭐야. 혹시 권마(拳魔)의 제자?'

*　　*　　*

몸을 씻고 옷을 갈아입자 궁탁의 모습도 제법 그럴듯했다.

상거지 차림이었을 때는 미처 몰랐는데, 번듯한 무인처럼 차려입자 강인한 그의 몸과 얼굴이 그대로 드러났다.

　사운평은 그런 궁탁을 흡족한 표정으로 바라보았다.

　'정말 마음에 드는 사람이야.'

　얼굴은 구광만 못해도, 옆에 놔두면 누구도 얕보지 못할 것 같았다.

　'좌(左) 연홍, 우(右) 궁탁. 딱 좋군.'

　사운평이 궁탁의 신세에 대해서 자세히 들은 것은 저녁을 먹을 때였다.

　초혜의 요리에 넋이 반쯤 빠진 궁탁은 묻는 말에 순순히 대답했다.

　"선사는 호경산이라는 분이다."

　진천권마(震天拳魔) 호경산.

　삼십여 년 전까지만 해도 권장에 있어서만큼은 천하에서 열 손가락 안에 들었던 절정 고수다.

　"열세 살 때 선사를 따라 웅이산에 들어갔다."

　'나보다 두 살 늦게 들어갔군.'

　"선사는 오 년 전에 돌아가셨지."

　'나는 이 년 전에 돌아가셨는데.'

　사운평은 아득한 과거가 떠오르자, 궁탁에게서 더욱더 진한 친근감이 느껴졌다.

　"선사께선 돌아가시기 전에 여무량을 만나 결판을 내지 못한 승부를 내달라고 유언하셨다."

　'성격 되게 끈질긴 양반이네. 자기가 못 끝낸 싸움을 제자에게까지

물려주다니.'

고집은 자신의 사부와도 비슷했다.

사부도 천하제일살수를 만들겠다고 어린 자신을 십 년 동안 굴리지 않았던가.

결국은 제자가 삼류 살수밖에 될 수 없다는 사실을 알고 좌절해서 일 년은 일찍 돌아가셨지만.

"음식이 맛있군."

궁탁이 접시를 싹싹 비우고 말했다.

왠지 아쉬움이 남은 표정.

"제 것도 드시겠습니까?"

사운평이 자신의 요리를 내밀었다.

언소소와 언송초가 놀라서 눈을 크게 떴다.

초혜가 만든 요리를 포기하다니!

'마지막까지 철저하군.'

'확실히 할아버지보다 한 수 위야.'

두 사람은 궁탁이 거절할 거라 생각했다.

저런 인상을 가진 사람이 어찌 남의 요리를 탐내겠는가. 더구나 돈이 없다는 이유로 객잔 앞에서 점소이에게 쫓겨났다고 하지 않던가?

다른 사람도 아닌 권마의 제자가 말이다.

'어쩌면 저놈은 그 점까지 생각하고 요리를 내밀었을 거야.'

'정말 대단한 오빠야.'

하지만 궁탁은 그들의 기대를 무너뜨리고 사운평의 접시에 젓가락을 꽂았다.

“오늘 신세는 나중에 갚겠네.”

사운평의 입가에는 아쉬움보다 잔잔한 미소가 번졌다.

주먹만큼이나 마음에 드는 성격이었다.

‘아깝지만 괜찮은 형 하나 얻은 셈 치지 뭐.’

＊　　　＊　　　＊

‘누구지?’

목검으로 낙화검법을 수련하고 있던 이연연은 동작을 멈추었다.

한 노인이 계곡을 올라오고 있었다. 처음 보는 노인이었다.

꼿꼿이 허리를 세운 채 물 흐르듯 빠르게 다가오는 모습만 봐도 강호의 노인이란 걸 알 수 있었다.

‘할아버지의 친구 분이신가?’

노인은 잠깐 사이 오십여 장 거리를 좁히고 마당으로 들어섰다.

이연연은 노인을 보며 묘한 표정을 지었다. 웃음을 겨우 참는 표정.

역삼각형 얼굴에 통통한 입술, 거기다 눈은 가느다랗고, 뾰족한 턱에는 수염이 기다랗게 매달려 있었다.

“아이야, 영호 형은 안에 계시냐?”

“그렇습니다만, 오신 분은 함자가 어찌 되시는지요?”

“노부는 규탁이라고 한다.”

그때였다. 기다렸다는 듯 통나무집의 문이 열렸다.

“천하의 삼불자가 여기까지 어쩐 일인가?”

그랬다. 노인은 영호명을 찾아 나선 삼불자였다.

닷새 동안 몇 군데 들러서 약간의 소란을 일으킨 끝에 영호명의 거처를 찾아낸 것이다.

"그야 볼일이 있으니 온 것 아니겠나?"

"세상사 천하태평인 삼불자가 이 늙은이에게 볼일이라, 별일이 다 있군."

"그야 살다보면 이런 일도 있고, 저런 일도 있는 법이지. 그런데……."

삼불자가 말을 길게 끌면서 이연연을 바라보았다.

"의외군. 영호 형의 거처에 어린 여아가 있다니."

"사정이 있어서 머물고 있네. 신경 쓰지 말게나."

"오면서 보니 저 아이가 펼치는 검이 낙일천추검과 비슷해 보이던데, 제자라도 들였나?"

"거 나이가 들어서도 눈 좋은 것은 여전하군."

"내 눈이 좋아서가 아니라, 그만큼 영호 형의 검이 뛰어나기 때문에 쉽게 알아본 것이지."

"입에 발린 칭찬을 하는 걸 보니 아무래도 찾아온 목적이 수상한데?"

"수상할 것 없네. 영호 형에게 물어볼 것이 있어서 온 것뿐이니까."

"좌우간 안으로 들어가세. 아, 연연아, 인사드려라. 강호에서 제일 골치 아픈 늙은이들인 사괴 중의 삼불자이시니라."

영호명이 이연연을 삼불자에게 인사시켰다.

주호정도 죽고, 최근 들어서는 천의산장의 추적도 흐지부지 되었다
는 소식이었다.

삼불자가 안다 해도 문제될 것이 없을 듯했다.

"이 늙은이는 그저 유유자적 한가하게 노는 것을 좋아하는 노인일
뿐이란다. 영호 형 말은 질투가 나서 한 것일 뿐이니 잊도록 해라."

삼불자의 의연한 해명에 이연연은 미소를 지으며 고개를 숙였다.

"이가의 연연이 삼불자 어르신께 인사드려요."

*　　　*　　　*

그날 밤.

조연홍이 위조된 동판을 가지고 돌아왔다.

기공산의 위조술은 정말 대단해서 사운평의 눈에도 동판이 진짜처
럼 보였다.

"수고했어. 흔적은 깨끗이 지웠겠지?"

"예, 대형. 종이 한 장 남기지 않았습니다."

"기공산은?"

"예? 그 사람까지 지워야 합니까?"

"죽였을까 봐 물은 거야. 이숙과 잘 아는 사람인데, 굳이 죽일 것까
지는 없잖아?"

깜짝 놀랐던 조연홍이 경직된 어깨를 풀면서 사운평을 흘겨보았다.

'대형도 참…… 내가 뭐 아무나 죽이는 사람인 줄 아나?'

그때 문득 집으로 돌아오면서 본 광경이 떠올랐다.

"아참, 대형. 이곳으로 오던 중에 천의산장 사람들이 급히 어디론 가 달려가는 걸 봤습니다."

"그래?"

느낌이 싸했다.

오전부터 움직임이 수상하던 자들이 아니던가.

"어느 쪽으로 갔지?"

"서문 쪽으로 달려갔습니다. 아무래도 성을 나서려는 것처럼 보이 던데요?"

"왜 그런가? 짐작 가는 거라도 있는가?"

언송초가 기이한 눈빛을 빛내며 물었다. 천의산장 일이라면 그도 관심이 가지 않을 수 없었다.

"서문 쪽에 신궁에서 나온 사람들이 있습니다. 아무래도 그들을 만 나려는 것 같습니다."

"천의산장과 신궁이 싸움이라도 벌인다는 건가?"

"그건 모르겠습니다. 좌우간 무슨 일인지 확인을 해봐야겠습니다. 어르신은 여기 계십시오."

언송초야 함께 가자고 할까 봐 걱정하던 판이었다.

"알았네. 다녀오게."

조용히 앉아 있던 궁탁도 천의산장 일이라면 나 몰라라 할 수 없었 다. 그러나 언송초와는 생각이 달랐다.

"내가 함께 가도 되겠나?"

사운평은 궁탁도 데려갈까 했지만 생각을 바꿨다.

궁탁은 십 대 초부터 세상과 담을 쌓고 무공만 익힌 사람이다. 세상에 대한 적응 기간이 필요해서 아직 현장(?)에 투입하기에는 일렀다.

"아닙니다. 궁 형은 그냥 여기 계십시오. 잠깐 살펴보고만 올 거니까요. 연홍, 가자."

'제길, 잠도 못 자고 꼬박 날 샜는데……'

말 한마디 못 하고 끌려가는 조연홍의 입술이 한 자는 삐져나왔다.

＊　　＊　　＊

낙양 외곽에는 왕가장(王家莊)이라는 평범한 이름을 지닌 장원이 삼천여 평의 땅에 지어져 있었다.

건물 서너 채와 정원, 천여 평의 마당이 있는 정도. 크기도 아주 큰 것은 아니었고, 돈 많은 부호하면 누구나 한두 채쯤 보유했을 것처럼 보이는 장원이었다.

사위가 조용해지기 시작한 해시 무렵, 어둠 속에서 수십 개의 그림자가 빠르게 장원으로 접근했다.

약간 뒤로 처져 있던 등초력이 장원을 보며 물었다.

"장원 안에 있는 인원은?"

"모두 오십여 명이오. 그중 무사가 삼사십 명 정도 되오."

고경천의 말에 등초력이 미미하게 고개를 끄덕였다.

장의사에 맡겨 놓은 시신을 고경천과 함께 살펴보았다. 그러나 상흔만으로는 정확한 판단을 내릴 수가 없었다.

하긴 말로만 들었던 무공을 상흔만으로 알아본다는 게 어찌 쉬운 일이겠는가. 더구나 그 무공이 세상을 뒤흔든 것은 무려 백수십 년 전이었다.

다만 분명한 것은, 지금까지 듣고 보았던 어떤 무공의 상흔과도 다르다는 점이었다.

일단 의심이 가는 이상 수하들을 공격했던 자들을 찾기로 했다.

천의산장 밀각의 추적 전문가들이 앞장섰다.

그리고 마침내, 신궁의 무사들을 공격했던 자들을 서문 외곽에서 찾아냈다.

이제 저 장원 안에 있는 자들이 정말 '그들'인지 확인하는 것만 남은 상황.

등초력은 차가운 어조로 낮게 입을 열었다.

"시작하시오."

고경천이 짧게 휘파람을 불었다.

휘이익!

휘파람이 밤공기를 가르며 울린 직후 그림자들이 일제히 담장을 향해 쇄도했다.

"웬 놈들이냐!"

"적이다!"

보이지 않는 곳에 경비 무사들이 있었던 듯 그림자가 담장에 다가가기도 전에 고함이 터져 나왔다.

하지만 그림자들은 조금도 개의치 않고 신형을 날리며 무기를 빼들었다.

사운평이 서문 외곽에 도착했을 때, 멀리서 대기가 터져 나가는 꽝

음과 비명, 고함소리가 뒤섞여서 들렸다.

그는 즉시 소리가 들리는 곳으로 방향을 틀어서 어둠 속으로 몸을 날렸다.

'제기랄. 아무래도 내가 생각했던 것보다 더 큰일이 벌어진 것 같은데?'

천의산장과 신궁이 다투는 줄 알았다. 그런데 그게 아닌 듯했다.

그들은 상부의 명령 없이는 저렇게 대놓고 싸울 사이가 아니다.

그렇다면 다른 누군가를 공격하고 있다는 뜻. 만약 그 공격에 신궁까지 나섰다면 한 가지 추측이 가능해진다.

'백운장 쪽을 공격하던 자들이 당하고 있는 걸지도 모르겠군.'

사운평은 일단 소리가 나는 곳으로 접근했다.

어둠 속에 웅크리고 있는 장원이 저만치 보였다. 싸움은 그 안에서 벌어지고 있었다.

"싸움에 끼어들 겁니까?"

조연홍이 걱정스러운 표정으로 물었다.

오지랖 넓고, 겁이라고는 벼룩의 간만큼도 없는 대형이라면 충분히 그럴 수 있었다.

"내가 미쳤냐?"

의외의 대답.

조연홍은 그나마 조금 안심이 되었다.

'대형도 겁이 나나 보군.'

그런데 대형의 말은 아직 끝난 게 아니었다.

"너는 저쪽으로 가서 안쪽을 살펴봐."

“제, 제가요?”

“들어가지는 말고, 담장 너머로 살짝 살펴보기만 해.”

“대형은요?”

“나는 몇 가지 알아볼 게 있어.”

사운평은 말을 하면서 품속에 손을 넣어 검은색 천을 하나 꺼냈다. 천으로 눈 밑을 가린 그는 한마디 더 남기고 훌쩍 몸을 날렸다.

“사람들이 밖으로 나오면 곧바로 피해.”

‘저러다 또 일 저지르는 거 아냐? 하여간 못 말린다니까.’

조연홍은 구시렁거리면서 담장 쪽으로 움직였다.

담장으로 돌아 뒤쪽으로 간 사운평은 장원 안쪽의 건물 지붕 위로 날아갔다.

안에서 벌어지는 광경이 한눈에 들어왔다.

앞마당에서 치열한 격전이 벌어지고 있었다. 싸움이 벌어진지 시간이 흐른 듯 이미 십여 명이 피를 흘리며 쓰러져 있었다.

죽은 듯 꼼짝도 않는 자, 중상을 입고 신음하는 자. 넘어진 화톳불에 비친 바닥은 시뻘건 피로 흥건했다.

건물과 건물 사이의 정원에서도 십여 명이 뒤엉킨 채 싸움을 벌이고 있었다.

사운평은 그들 중 천의산장과 신궁의 무사가 아닌, 장원의 무사로 보이는 자들을 집중적으로 관찰했다.

굳이 오래 볼 것도 없이 느낌이 왔다.

전율이 파도처럼 밀려들었다.

‘역시 비천문의 제자들이 분명해.’

천의산장과 신궁의 무사들은 강했다. 그럼에도 장원의 무사들을 쉽게 이겨내지 못했다.

유령 같은 신법, 신출귀몰한 움직임. 그들은 조금도 두려워하지 않고 천의산장과 신궁의 무사들에게 대항했다.

바닥에 쓰러져 있는 자들 중 반 가까이가 천의산장과 신궁 무사들이었다.

자신들이 그렇게까지 당할 줄은 생각을 못한 듯 천의산장과 신궁 무사들의 얼굴이 일그러져 있었다.

“놈들의 공세에 정면으로 대응하지 마라!”

“놈들은 몇 안 된다! 서둘지 말고 상대해!”

탐랑군과 유수가 악을 쓰며 수하들을 독려했다. 그 와중에도 두세 명이 피를 뿌리며 쓰러졌다.

‘귀혼류의 후예들인가?’

그 순간.

쾌광!

굉음이 건물 안쪽에서 울렸다.

사운평이 고개를 돌림과 동시, 폭풍 같은 기운이 방문을 부수며 터져 나왔다.

쾌과광! 와장창!

그 직후 방 안에서 한 사람이 날아서 나오더니 비틀거렸다.

뒤이어 또 한 사람이 방 안에서 나왔다.

‘등초력!’

그랬다. 뒤에 나온 자는 등초력이었다.

먼저 나온 자는 나이가 서른 전후에 짙은 회의무복을 입고 있었다.

창백한 얼굴에 핏물이 흐르는 입술, 등초력과의 대결에서 밀린 듯했다.

"등초력, 과연 대단하구나. 하지만 그 정도로는 우리를 굴복시킬 수 없을 거다."

등초력의 표정도 굳어 있었다.

약간의 우세를 보이긴 했지만 득의할 상황이 아니었다.

상대는 적의 수뇌도 아니고, 일부 조직을 맡고 있는 자였다.

그런 자와 십초의 대결을 펼치고도 결정적인 승기를 잡지 못한 것이다.

"너희들의 강함을 인정하지 않을 수 없군. 그런데 아쉽게도 하늘은 너희들 편이 아닌 것 같구나."

등초력은 검을 쥔 손에 공력을 집중시키며 장한을 향해 걸음을 내디뎠다.

그때였다. 등초력의 좌우에서 희끗한 그림자가 소리 없이 달려들었다. 가히 유령이 밤하늘에서 떨어져 내리며 덮치는 듯했다.

"흥!"

냉랭히 코웃음 친 등초력은 좌우로 검을 휘둘러서 검기의 폭풍을 일으켰다.

기다렸다는 듯 회의장한이 소리치며 허공으로 신형을 뽑아 올렸다.

"모두 이곳을 벗어나라!"

떠더덩!

검기의 폭풍 속에서 충돌음과 함께 피가 튀었다.

일검으로 암습자를 튕겨낸 등초력이 고함을 내질렀다.

"도망치지 못하게 막아라!"

"멈춰라!"

상관수혁이 소리치며 회의장한의 뒤를 쫓았다. 그 뒤에 대고 등초력이 주의를 주었다.

"조심해라, 보통 놈이 아니다!"

자신이 직접 쫓고 싶었지만, 튕겨 나갔던 자들이 결사적으로 달려들고 있었다.

사운평은 회의장한이 자신이 있는 곳으로 날아들자 지붕 위에 바짝 엎드렸다.

'젠장, 왜 이쪽으로 오는 거야?'

그때 회의장한이 그를 발견했는지 이를 악물고 달려들었다.

『그냥 도망쳐! 뒤는 내가 막을 테니까!』

사운평이 급히 전음으로 소리쳤다.

회의장한의 눈빛이 흔들렸다.

어차피 상대가 적이라면 단숨에 목을 치지 못하는 이상 빠져나갈 기회가 없다. 그로선 선택의 여지는 상황.

순간적으로 결정을 내린 그는 몸을 틀어서 사운평과 일 장 떨어진 곳을 스쳐 갔다.

사운평은 그를 놔둔 채, 뒤따라오는 상관수혁을 향해서 칼을 휘둘렀다.

“헛!”

상관수혁은 생각지도 못한 사운평의 공격에 헛바람을 삼키며 급히 검을 뺐었다.

쩌정!

사운평의 강력한 일도가 상관수혁의 검을 후려쳤다.

검을 타고 전해지는 강력한 충격!

가슴이 서늘해진 상관수혁은 급히 지붕을 박차고 뒤로 몸을 뺐다.

그사이 사운평은 비천무영류를 펼쳐서 어둠 속으로 녹아들듯이 사라졌다.

‘내가 저럴 줄 알았다니까. 하여간…….’

조연홍은 도망치듯이 장원에서 나오는 사운평을 보며 입을 삐죽이고는 담장에서 멀어졌다.

＊　　＊　　＊

회의장한은 쉬지 않고 서쪽으로 달렸다.

십여 리쯤 달린 그는 어둠 속에서 도도히 흐르는 강물이 앞을 가로막자 걸음을 멈췄다.

“잠깐 이야기 좀 합시다.”

갑자기 뒤에서 들리는 목소리.

흠칫 놀란 회의장한은 반사적으로 미끄러지듯이 일 장가량 이동하며 홱, 고개를 돌려서 뒤를 돌아다보았다.

거리라고 해봐야 기껏 삼 장.

그런데도 상대가 따라오는 걸 눈치도 못 채고 있었다니.

어이가 없었다. 다른 무공은 몰라도 신법과 경공만큼은 누구에게도 뒤지고 싶지 않은 자신이 아니던가.

잔뜩 긴장한 그는 자신의 뒤를 따라온 사운평을 경계심 어린 눈빛으로 바라보았다.

지붕 위에서 자신을 도와줬던 자 같았다.

누군데 알지도 못 하는 자신을 도와준 걸까?

"너는 누구냐?"

"뭐, 그건 차차 알면 되는 일이고……."

사운평은 대충 얼버무리고는 회의장한의 일 장 앞에 섰다.

회의장한은 검을 쥔 손을 늘어뜨리고 있으면서도 경계를 풀지 않았다.

"왜 내 뒤를 쫓아온 거냐?"

"물어볼 게 있어서."

"나를 아나?"

"오늘 처음 봐."

사운평의 짧은 말투에 회의장한이 이마를 찌푸렸다.

밤이어도 상대의 얼굴을 알아보는 것은 어렵지 않았다. 자신보다 한참 어리게 보였다.

이제 이십 대 초반 정도? 그런 나이의 청년이 자신에게 무슨 볼일이 있단 말인가?

"나는 그대에게 해 줄 말이 없어."

"있을걸?"

“없다고 했잖느냐?”

“이름이 뭐지? 설마 이름도 없는 건 아니겠지?”

당연히 이름이 있었다. 도움을 준 자에게 말해 주지 못할 것도 없었다.

그런데 이름을 물어보기 위해서 쫓아온 것은 아닐 터.

지금 자신을 놀리겠다는 건가?

회의장한은 사운평을 싸늘한 눈으로 노려보면서 이름을 말했다.

“왕호량.”

“흠, 멋진 이름이군.”

“물어볼 것이 있으면 빨리 물어봐라. 더 물을 것이 없다면 그만 가 보겠다.”

그때 사운평이 툭, 폭탄 같은 한마디 단어를 던졌다.

“비천문. 알지?”

“…….”

얼마나 놀랐는지 회의장한은 몸이 석상처럼 굳은 듯했다.

그도 잠시, 곧 그의 전신에서 싸늘한 살기가 피어났다.

“무슨 말인지 모르겠군. 나는 그런 문파를 모른다.”

“그럼 귀혼이라고 해야 아나?”

회의장한, 왕호량의 몸에서 피어난 살기가 점점 짙어졌다.

“어디서 들었는지 몰라도, 알아선 안 될 것을 알고 있군.”

“어이가 없군. 비천문이 나타난 지 수백 년이야. 설마 아무도 모를 거라고 생각한 건 아니겠지?”

“아는 사람이 많은 것도 아니다. 너의 입을 막으면 한 사람이 줄어들겠지."

그 말에 사운평의 입꼬리가 치켜 올라갔다.

"죽여서 입을 막겠다? 그게 가능할까?"

"못할 것도 없지."

짧게 대답한 왕호량이 튕기듯이 앞으로 나아가며 검을 쳐올렸다.

순간, 사운평이 몸이 어둠 속으로 녹아들듯이 사라졌다.

왕호량은 당황하지 않고 허공으로 몸을 띄웠다.

멀찌감치 떨어져서 서 있는 조연홍의 눈에는 두 사람 모두 사라진 것처럼 보였다.

곧이어 허공에서 짧은 폭발음이 서너 번 울렸다.

쿠궁! 떠덩!

퍽!

마지막은 둔탁한 북소리가 장식했다.

그 직후 어둠 속 허공에서 왕호량이 일그러진 얼굴로 떨어졌다.

"말로 하기 싫다면 할 수 없지."

냉랭한 사운평의 목소리가 들리는가 싶더니, 광풍폭우와 같은 기세가 왕호량을 덮쳤다.

등초력에게 밀리긴 했어도 왕호량의 실력은 이미 절정 수준을 넘어서 있었다.

그러나 사운평의 지금 무위는 자신조차 감을 잡을 수 없을 만큼 빠르게 늘고 있는 상태였다.

왕호량의 유령 같은 몸놀림은 결코 그의 눈을 속이지 못했다. 무음 무형의 검법도 그의 무영천살류보다 강하지 않았다.

진짜 그림자라도 된 것처럼 왕호량을 따라붙은 사운평의 칼질은 단 몇 수만에 왕호량의 옷자락을 세 군데나 갈랐다.

"더하겠다면 다리부터 하나 잘라주지. 결정해!"

왕호량은 자신이 처한 상황을 믿을 수 없었다.

귀혼의 유유귀령신법(幽幽鬼靈身法)을 따라잡는 신법이 있다니.

투지가 땅바닥까지 가라앉은 그는 움직임을 멈춰버렸다.

상대는 여전히 그의 일 장 앞에 서 있었다. 싸늘한 눈빛을 빛내며.

"도대체…… 너는 누구냐?"

"차차 알게 된다고 했잖아."

그때 조연홍이 사운평에게 다가왔다.

"대형, 놈들이 쫓아오고 있습니다."

사운평도 추적해오고 있다는 걸 느끼고 있었다. 두 사람의 충돌이 그들을 불러들인 듯했다.

"일단 여기를 벗어나서 이야기하는 게 어때?"

이제는 왕호량도 궁금증을 풀지 않고는 떠날 마음이 없었다.

"좋아. 다른 곳으로 가자."

*　　　*　　　*

남쪽으로 내려간 사운평은 낙수를 따라서 동쪽으로 이동했다.

낙양성을 빙 돌아서 백마사를 얼마 남겨 놓지 않았을 때. 사운평이 강가에서 걸음을 멈췄다.

천의산장과 신궁의 추적은 더 이상 느껴지지 않았다. 선선한 강바람이 기분 좋게 불어왔다.

사운평은 강바람에 머리카락을 휘날리며 야밤의 강 풍경을 감상했다. 속이야 무척 복잡했지만.

"밤에 강을 보는 것도 나쁘지 않군. 갈대 사이로 물안개가 흐르는 것이 정말 멋진데?"

하지만 왕호량은 물안개 따위를 감상할 기분이 아니었다.

"이제 말해봐라. 뭘 알고 싶은 거냐?"

입을 꾹 다물고 따라온 그가 더 참지 못하고 물었다.

사운평이 고개만 돌려서 그를 쳐다보았다.

"이렇게 멋진 풍경 앞에서 왜 그리 딱딱해?"

"나는 너처럼 한가한 사람이 아니다. 지금도 놈들에게 쫓겨서 죽어가는 형제들이 있을지 모른다. 말하지 않겠다면 그만 가보겠다."

"낭신이 가면 그들을 살릴 수는 있고?"

왕호량이 이를 악물고 사운평을 노려보았다. 어찌나 힘을 주었는지 마치 눈에서 불꽃이 튀어 나갈 것 같았다.

"그래도 방관하는 것보다는 최선을 다하는 게 나은 법이다. 일단 그들이 어떻게 되었는지 알아보고 뒷일을 걱정해도 늦지 않아."

"뭐가 우선인지 모르는군."

"무슨 소리냐?"

"장원을 빠져나간 사람들이 어떻게 되었는지 알아보는 것보다, 천의산장과 신궁이 당신들의 정체를 알아냈다는 것을 걱정하는 게 먼저 아니겠어?"

왕호량의 눈빛이 폭풍을 만난 돛단배처럼 흔들렸다.

사운평이 그 눈을 똑바로 쳐다보며 말을 이었다.

"이제 곧 천의산장과 신궁에 당신들의 존재가 보고될 거야. 그럼 무슨 일이 벌어질 것 같아?"

사냥이 시작될 것이다.

아주 끈질기고 지독한 사냥이!

피비린내를 동반한 처절한 인간사냥이!

왕호량은 안색이 흙빛으로 변한 채 사운평을 바라보았다.

"원하는 게 뭐냐? 단순히 그 이야기를 하려고 나를 도와준 것은 아닐 텐데?"

"내가 보기에는 백운장도 비천문의 제자들 같던데. 맞아?"

왕호량은 잠시 대답을 머뭇거렸다. 하지만 사운평이 자신들의 정체를 알고 있는 이상은 숨길 것도 없었다.

"그렇다."

"패왕? 천화?"

"천화다."

"흠, 그랬군. 그런데 왜 못 잡아먹어서 안달이지?"

"그들은 조상들의 복수를 외면한 자들이다. 우리는 욕심만 챙기는 그들을 동문의 사형제로 생각하지 않는다."

"아무리 그렇다고 해도 적을 대하듯이 싸울 이유는 없잖아?"

"그 점은 나도 유감이다. 하지만 낙양에서 물러나라는 말을 백운장이 받아들이지 않는 한 우리도 어쩔 수 없다."

"뭐야, 그럼 낙양의 주도권을 놓고 싸웠다는 거야?"

"우리는 백 년 넘게 낙양에서 자리를 잡아왔다. 그런데 천화가 삼십 년 전에 백운장을 세우고 우리의 권역을 침범했지. 우리는 우리의 권리를 지키기 위해서 싸우는 것뿐이다."

"지미, 그러다 천의산장 놈들에게 들키면 어쩌려고? 아니지, 이미 들켰지? 좋아, 그럼 다시 묻겠어. 당장 그들과 싸울 힘은 있어?"

왕호량은 그 말에 대답을 바로하지 못했다.

"그럼 힘도 없으면서 티격태격한 건가? 도대체 백 수십 년이 지나도록 뭐한 거야?"

"우리에게도 그럴 만한 이유가 있다."

"설마 숨어 지내기만하다 보니 힘을 기르지 못한 것은 아니겠지?"

"그게 아니다."

"그게 아니면? 귀혼의 무공을 완성할 만한 사람이 나오지 않은 거야? 아무리 그래도 그렇지, 백 수십 년이면 대문파 몇 개는 만들 수 있었겠네."

사운평이 쉴 새 없이 몰아붙이며 비꼬듯이 말하자, 왕호량의 얼굴이 일그러졌다.

"정말 몰라서 묻는 거냐?"

"맞아, 몰라서 묻는 거야. 알면 말해 봐."

"그럼 계속 모르고 있어라. 네가 상관할 일이 아니니까."

'오호? 게기겠다 이거지?'

사운평이 팔짱을 끼고 턱을 치켜들었다.

"내가 알기로는 삼룡의 계략에 당해서 주축 고수들을 잃었다고 하던데, 그 일과 관련이 있는 거 아냐?"

도무지 모르는 것이 없다.

자신들만 알고 있을 거라 생각했는데, 그것이 아니었던가?

사운평의 넘겨짚은 말에 넘어간 왕호량은 이를 갈면서 비천문의 비사를 털어놓았다.

"맞다. 네 말대로 최강의 고수 백여 명이 놈들의 계략에 빠져서 한꺼번에 사라졌지."

그 바람에 비천문 삼대유파의 주요 무공들이 함께 사라져 버렸다. 삼대유파의 남은 사람은 제자가 된지 얼마 되지 않는 청년들뿐.

"우리 귀혼문 역시 마찬가지였다. 당시에 남은 사람이 십여 명밖에 되지 않았으니까. 선조들은 그렇게 비전무공이 제대로 전해지지 않은 상태에서 놈들에게 쫓기며 수십 년을 도망자로 살아야 했다. 알아? 선조들께서 그나마 남은 무공을 발전시키며 적과 대등하게 싸울 수 있는 힘을 키우려고 얼마나 노력했는지!"

'그랬나?'

고수들이 사라지면서 비천문의 무공 중 많은 부분이 함께 사라진 것이 문제였다.

아니 무공이 사라진 것보다 더 큰 문제는, 심오한 비천문의 무공을 익힌 사람들이 사라졌다는 점이다.

비천문의 무공은 워낙 심오해서 천재라 해도 익히기 쉽지 않은 최상승의 무공이 아니던가.

오죽했으면 살천류를 완성한 사람이 수백 년 동안 한 명밖에 없었을까?

하물며 스승도 없이 비천문의 무공을 익힌다는 것은, 천자문도 모르는 사람이 사서삼경을 익히려고 하는 것과 같았다.

‘하긴, 무공의 강함은 세월이 결정하는 것이 아니지.’

자신만 봐도 그렇다.

살천류를 삼십 년 동안 익힌 사부보다 자신이 더 강하잖아?

아마 지난 수백 년 동안 살천류를 자신보다 확실하게 익힌 사람도 없을 걸?

결국 다른 유파에는 스스로 비천문의 무공을 깨달을 수 있는, 자신처럼 똑똑한 사람이 없었다는 뜻이 아니겠는가.

‘그러고 보면 나도 물건은 물건이란 말이야.’

사운평은 흐뭇한 마음으로 화제를 돌렸다.

“뭐 좋아, 그건 그렇다고 해. 그럼 앞으로도 백운장과는 계속 싸울 건가?”

“그건 나도 모르겠다. 오늘 일을 상부에서 알게 되면 뭔가 이야기가 있겠지. 그런네 네가 왜 그 일을 상관하는 거냐?”

“백운장과 완전히 남이라고 할 수 없는 사이거든. 좌우간 돌아가면 당신 상관한테 말해. 다 죽고 싶지 않으면 괜한 짓 하지 말라고. 힘을 합쳐도 삼룡 중 일룡조차 상대하지 못할 거면서 무슨 미친 짓이야?”

왕호량도 익히 알고 있는 일이기에 얼굴만 붉힐 뿐 아무 말도 못 했다.

“다른 유파의 존재에 대해서 아는 것 있어?”

“그들에 대해서는 우리도 모른다.”

“잘하는군. 함께 손을 잡아야 할 사람들은 어디에 있는지도 모르면서 적을 앞에 두고 쌈질이나 하고 있으니 원……..”

사운평은 혀를 찰 것 같은 표정으로 왕호량을 흘겨보았다. 그렇다고 해서 자신이 살천류의 제자라는 걸 알려줄 마음은 눈곱만큼도 없었다.

미쳤나? 귀찮은 일만 생길 텐데 왜 알려줘?

"그만 가봐야겠어. 혹시라도 나에게 연락할 일 있으면 화정루의 지붕에 하얀 천을 달아 놓고, 골목 안에 있는 비화루라는 주루에서 기다려."

두 번 다시 사운평을 만나고 싶지 않은 왕호량은 대답을 하지 않았다.

"아! 미리 말하는데, 나는 청부업자야. 청부할 일이 있을 때만 연락해. 쓸데없는 이야기나 하려면 찾지 말고."

사운평은 왕호량이 듣던 말든 자신이 할 말만 빠르게 말하고는 성큼성큼 걸음을 옮겼다.

왕호량은 귀신에게 홀린 기분이었다.

'청부업자라고? 귀혼문의 삼혼 중 하나인 이 왕호량이 일개 청부업자에게 맥없이 패했단 말이지?'

반 시진 동안 벌어진 일이 꿈만 같았다.

성으로 돌아가면서 조연홍이 물었다.

"대형, 왜 파란 천이 아니라 하얀 천을 달아 놓으라고 했습니까?"

"그럼 고객을 구별하기가 쉽잖아."

조연홍은 정말로 감탄했다. 그 짧은 순간에 그런 생각을 해내다니.

"그럼 왜 비화루를 연락처로 정했어요?"

"저번에 가봤더니 그곳 술맛이 괜찮더라고."

"가격도 싸고 말이죠?"

"물론이지."

"근데 비천문이라는 문파는 어떤 문파죠?"

"문제가 많은 문파야. 너무 깊게 알려고 하진 마. 알면 다치니까."

第五章
고객 관리

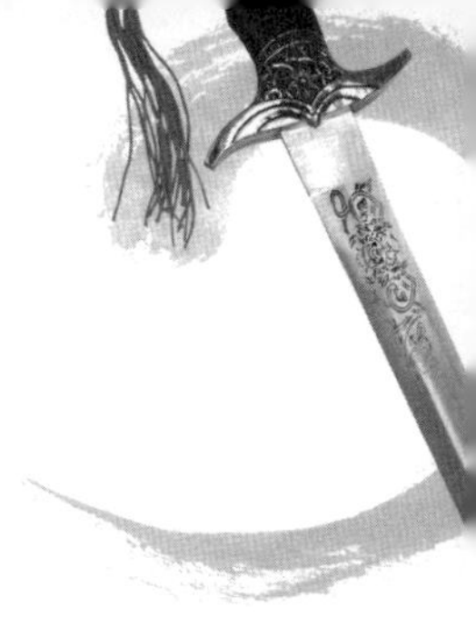

천의산장과 신궁의 무사들은 도망치는 왕가장 무사들을 뒤쫓았다.

그들은 십여 리를 쫓는 동안 왕가장 무사 서너 명을 더 추살했다.

하지만 그것이 한계였다.

귀혼의 무공을 익힌 왕가장 무사들은 어둠과 동화되어서 빠르게 멀어졌다.

결국 고경천은 추적술에 능한 밀각의 무사들만 계속 추적하게 하고 걸음을 멈췄다.

등초력도 추적을 포기했다.

신궁의 무사 서른한 명 중 사상자가 반 가까이 되었다.

이 상태에서 계속적인 추적은 무리였다.

"이제 어떻게 할 거요?"

"낙양으로 돌아가서 산장의 명령을 기다릴 생각이오."

"산장에 알리시오. 삼비가 나타난 이상…… 이제 묵계는 무용지물
이 되었다는 걸."

고경천의 몸이 부르르 떨렸다.

묵계가 무용지물이 된다는 말인 즉, 백 수십 년 전에 멈췄던 전쟁이
다시 시작된다는 사실을 의미한다.

삼비와 삼룡의 전쟁.

삼룡의 힘이 전과 비교할 수 없이 커진 걸 생각하면 전쟁이라기보
다 사냥이 될 가능성이 높았다.

문제는 삼비보다 삼룡이다.

삼비가 존재하는 한 삼룡은 친구로서 지내겠지.

그러나 삼비가 사라지면 삼룡의 칼이 어디로 향할 것인가.

"알겠소이다."

대답하는 고경천의 표정이 돌덩이처럼 굳어졌다.

등초력 역시 차갑게 가라앉은 표정으로 몸을 돌렸다.

'어찌 되었든 상관 형이 바라는 대로 흘러가는군.'

*　　*　　*

성으로 들어간 사운평은 조연홍을 임풍의 집으로 보내고 백운장을
찾아갔다.

이유는 단순하고 명확했다.

—고, 객, 관, 리.

밤늦게 찾아온 그를 보고 백원양이 의혹에 찬 표정으로 쳐다보았

다.

그가 아는 사운평은 철저했다. 볼일도 없는데 무작정 찾아올 놈이 아니었다. 놀러 오라고 해도 돈과 연관된 일이 아니면 오지도 않을 놈.

그런 사운평이 갑자기 밤에 찾아왔으니 의아한 한편으로 긴장되었다.

이놈이 왜 찾아왔을까?

"무슨 일로 이 시간에 찾아왔는가?"

사운평의 눈빛이 반짝였다.

백운장의 태평한 상황과 백원양의 표정만 봐도 이들은 아직 왕가장에 대한 소식을 모르는 듯했다.

'잘하면 겸사겸사 일당 정도는 챙길 수 있을 것 같군.'

흐뭇해진 그는 대답을 미루고 일단 떡밥부터 던졌다.

"정보 하나 사시죠."

"정보를 사라? 뜬금없이 무슨 말인가?"

"은자 백 냥이면 적당할 것 같은데."

단순한 정보에 대한 대가치고는 큰 금액이다.

그럼에도 백원양은 허투루 듣지 않았다. 그만큼 중요한 정보라는 뜻이 아니겠는가.

"그만한 가치가 있는 정보라면 사겠네."

"왕가장."

그 한마디에 백원양의 표정이 딱딱하게 굳었다. 호수처럼 고요하던 눈빛에 조약돌이 떨어진 듯 파문이 일었다.

“사겠수?”

“사지. 말해 보게.”

“박살났습니다.”

“무슨 말인가?”

“아직 한 시진도 지나지 않았죠.”

“오늘 밤, 한 시진 전에 왕가장이 박살났다?”

“그렇습니다.”

백원양의 눈빛이 경악으로 물결쳤다.

그는 왕가장이 어떤 곳인지 잘 알고 있었다. 그곳이 무너졌다는 것은 패왕의 가장 중요한 지부인 낙양지부가 무너졌다는 뜻.

충격이 아닐 수 없었다.

“누가 그곳을 공격…….”

문득 어떤 생각이 떠오른 백원양의 눈이 한껏 커졌다.

“혹시 그들이?”

사운평이 고개를 끄덕였다.

“천의산장과 신궁이 손을 잡고 쳤습니다.”

“확실한가?”

“물론이죠. 제가 직접 봤으니까요.”

“자네가 직접?”

“천의산장 무사들이 들개 떼처럼 우르르 몰려간다는 말을 듣고 쫓아가봤죠. 그랬더니 왕가장을 공격하고 있더군요.”

“신궁 무사들과 함께 말이지?”

“그렇습니다. 등초력이 직접 나섰죠.”

그때였다. 밖에서 다급한 목소리가 들렸다.

"장주님, 긴급한 일이 발생했습니다."

"혹시 왕가장 일 아닌가?"

"예? 예, 그렇습니다."

"들어와라."

사십 대 초반에 팔자수염을 기른 중년인이 안으로 들어왔다. 백원양의 부관이자 백운장의 총관인 곡추화였다.

그는 사운평을 힐끔거리며 백원양의 눈치를 봤다. 백원양이 그의 마음을 알고 말을 재촉했다.

"이미 이 친구에게 왕가장이 공격받았다는 말을 들었다. 자세한 상황을 말해봐라."

"천의산장의 탐랑군과 신궁의 등초력이 손을 잡고 왕가장을 공격했습니다. 그 바람에 왕가장 무사 중 이십여 명이 죽고, 십여 명만이 장원을 빠져나간 것 같습니다."

"왕호량은?"

"빠져나간 것 같습니다."

"으으음."

백원양이 침음을 흘렸다.

잠깐 대화가 멈춘 사이, 사운평이 빈틈을 파고들듯이 말했다.

"백 냥짜리 정보가 하나 더 있는데, 사시겠습니까?"

백원양이 어이없다는 표정으로 그를 바라보았다.

"본 장의 금고를 탈탈 털 작정인가 보군."

"그 정도 금액쯤은 낙양의 갑부에게 몇 마디 해 주는 것으로 벌 수 있는 분이 엄살을 부리시기는.”

백원양은 절로 쓴웃음이 떠올랐다.

그는 이제 안다. 앞에 있는 놈과는 흥정을 해봐야 씨알도 먹히지 않는다는 걸. 강제로 입을 여는 것은 더욱 어려운 놈이고.

더구나 지금은 촌각이 아까워서 흥정할 시간도 없었다.

“말해 보게.”

“왕호량은 멀쩡합니다.”

“음? 그걸 자네가 어찌 아는가?”

“제가 빠져나갈 수 있게 도와주었거든요.”

그 말에 곡추화가 눈살을 찌푸렸다.

“그리 잘한 일은 아니군.”

“글쎄요. 그거야 당신 기준이고. 저는 제가 할 일을 했을 뿐입니다.”

“그는 우리와 적대관계나 다름없네.”

“왕가장과 당신들 사이의 관계까지 제가 알 수는 없는 일 아닙니까?”

곡추화가 사운평을 향해 눈을 부릅떴다. 그러나 그 정도의 눈빛으로는 사운평의 눈썹 한 올 흔들지 못했다.

사운평은 그를 없는 사람 취급하고 백원양을 향해 말했다.

“그를 도와준 거, 백운장에도 나쁘지 않을 겁니다. 앞으로는 대하는 게 이전과 조금 달라질 테니까요. 그 정도면 백 냥짜리 정보는 되겠죠?”

그 말을 듣고 백원양의 눈 깊은 곳에서 기광이 번뜩였다.

‘우리에게 나쁘지 않은 일이다? 그들이 달라진다?’

왕호량과 무슨 일이 있었던 걸까?

사운평은 그가 말을 걸기 전에 일어났다. 그리고 방을 나서기 전 지나가듯이 말했다.

“천의산장과 신궁이 어쩌면 이곳도 조사할지 모릅니다. 만약을 대비해 놓아서 나쁠 일은 없을 겁니다. 뭐 알아서 잘 하시겠지만.”

백원양은 사운평이 방을 나가자마자 벌떡 일어났다.

“경계를 강화하고, 흩어져 있는 사람들을 모두 불러 모아라. 그리고 즉시 궁에 상황을 알려라.”

*   *   *

아침이 밝자마자 초혜가 뛰어왔다.

“문주니이임!”

운공을 하던 사운평은 급히 진기를 회수했다.

‘하여간…….’

“왜 이리 오두방정이야?”

“들었어요?”

“뭘?”

“서문 밖 왕가장에서 사람이 많이 죽었데요.”

“나도 알아.”

“어? 알아요?”

“그래. 가서 구경했거든.”

“예?”

초혜의 눈이 동그래졌다. 하지만 곧 동그래진 눈이 샐쭉해지더니 빽 소리쳤다.

“그런데 왜 안 알려줬어요!”

“내가 왜 너에게 보고해야 하는데?”

“알려줬으면 멋지게 팔아먹었을 수 있었잖아요. 잘하면 만구점을 맡은 후 첫 번째로 괜찮은 건수를 올릴 수 있었는데.”

초혜가 불만스러운 표정으로 말하며 입을 삐죽였다.

제법 예뻐 보였다.

물론 연연이에 비하면 어림도 없지만.

“내가 이미 팔아먹었어.”

“예?”

“은자 이백 냥을 받았지.”

“정말요?”

“그래.”

“에이, 그래도 몇 십 냥 정도는 더 벌 수 있었는데.”

“너무 욕심내면 배탈 나, 인마.”

“쳇.”

“배가 고픈데, 요리재료는 충분해?”

“문주님은 먹는 것만 밝혀.”

“돈 벌어 왔잖아.”

은자 이백 냥. 자신과 만구점의 몫이 이 할이니 사십 냥이 떨어진다.

계산을 마친 초혜의 얼굴이 활짝 펴졌다.

"알았어요. 조금만 기다려요."

꿀꺽.

뒷짐을 지고 서 있는 궁탁의 목 안에서 침 넘어가는 소리가 들렸다.

아무도 그를 비웃지 않았다.

벌써부터 침을 흘리는 사람도 있는데 뭐.

*　　*　　*

"제때 찾아냈군."

공손무곡은 급전으로 날아든 낙양의 상황을 보고받고 냉소를 지었다.

칠마문과의 싸움이 지지부진한 상태였다. 부송무록에 대한 추적은 오리무중에 빠진 상황이고.

어떤 식으로든 상황을 반전시킬 획기적인 전기가 필요했다.

비천문의 후인들이 발견된 일은 그 무엇보다도 훌륭한 핑계거리였다.

그는 즉시 부친을 찾아갔다.

공손수경 역시 비천문의 후인이 나타났다는 사실을 반겼다.

"너에게 모든 권한을 줄 테니 놈들의 뿌리를 뽑아라."

"예, 아버님."

*　　*　　*

식사는 화기애애하게 시작되었다. 양도 충분해서 다투듯이 먹지 않아도 되었다.

만구점의 하인인 소삼이 다급한 표정으로 찾아온 것은 천해문 사람들이 식사를 마쳤을 때였다.

"아무래도 천의산장 무사들의 행동이 심상치 않습니다요."

"자세히 말해 보쇼."

"그들이 서문로를 뒤지면서 상선로 쪽으로 오고 있는데, 평소 때와는 달리 철저하게 탐문하고 있습니다요."

사운평은 밥맛이 뚝 떨어진 사람처럼 젓가락을 내려놓았다.

'제기랄. 일이 이상하게 꼬이는군.'

고개를 돌린 그가 이문을 바라보았다.

"이숙, 잠깐 몸을 피할 만한 곳이 없을까요?"

"차라리 이 기회에 장소를 옮기는 것이 어떻겠나?"

사운평도 생각하고 있던 터라 망설이지 않았다.

"괜찮은 곳이 있습니까?"

"마침 알맞은 곳이 하나 있네."

*　　　*　　　*

하목인을 비롯한 밀각의 요원 다섯 명을 대동하고 남화장을 나선 유수는 대로를 훑으며 서쪽으로 나아갔다.

수상한 자들에 대해 수소문한지 이각 만에 상선로에서 첫 번째 첩

보가 접수되었다.

"수상한 자들이 상선로를 들락거린단 말이지?"

"예, 무사 나리."

"그자들이 어디에 살고 있는지 아느냐?"

하목인이 싸늘한 눈빛을 번뜩이며 약초상을 다그쳤다.

"그, 그게 저…… 저쪽 골목에서 나오는 것을 봤습니다요."

약초상이 겁에 질린 표정으로 말했다.

하목인은 고개를 돌려서 약초상이 가리킨 골목을 바라보았다.

"저 골목 말이냐?"

"예, 무사 나리. 몇 달 전부터 이곳 사람이 아닌 자들이 들락거렸습죠."

"그들이 골목 안쪽 어디에 사는지는 아느냐?"

"사는 곳은 잘 모릅니다요."

"이곳을 오갔다면 하루 이틀 다니지 않았을 거다. 그런데 어디 사는지 모른다고? 지금 나에게 거짓말을 하겠다는 거냐?"

"저, 정말입니다요. 제가 왜 거짓말을 하겠습니까요?"

겁에 질린 약초상의 얼굴이 창백해졌다.

그 모습을 뚫어지게 쳐다보던 유수가 수하들을 향해 명을 내렸다.

"골목 안으로 들어가서 집집마다 찾아보아라."

"예, 유수 어른."

하목인이 수하들과 함께 골목으로 향했다. 그가 골목 안으로 막 접어들었을 때 안쪽에서 마차가 나오는 게 보였다.

하목인은 눈을 가늘게 뜨고 마차를 살펴보았다.

마부는 이제 스무 살이나 되었을까 싶은 여인이었는데 제법 능숙하게 마차를 몰았다.

'괜찮게 생긴 계집이군.'

"좀 비켜주실래요?"

다부진 여인의 말에 하목인이 한쪽으로 비켜섰다. 마차가 그와 다섯 자의 거리를 둔 채 스쳐 지나갔다.

마차의 앞을 가린 천 사이로 언뜻 어린 소년과 소녀가 보였다. 한 사람은 몸이 좋지 않은 듯 안쪽에 누워 있었고.

하목인은 마차가 멀어지자 고개를 돌렸다.

골목을 빠져나온 초혜는 일정한 속도로 마차를 몰았다. 이번에는 유수가 지켜보고 있었다.

그녀는 눈이 돌아가려는 것을 가까스로 참고 태연히 마차를 몰았다.

잠시 후, 상선로를 벗어난 마차가 속도를 높였다.

초혜는 가슴이 두근거려서 숨조차 제대로 쉴 수가 없었다.

한편, 골목 안을 차례차례 뒤지던 하목인은 허리가 구부정한 노인의 말에 표정이 굳었다.

"임풍의 집을 말하나 보구려. 임풍이 친구들을 데려오기 시작한 게 반년은 되었지 아마?"

하목인은 노인의 말을 듣고 수하들에게 고갯짓을 했다.

밀각 무사들이 즉시 지붕을 타고 넘어서 임풍의 집 안으로 들어갔다.

그들이 문을 열어주자, 하목인도 안으로 들어갔다.

먼저 들어간 밀각 무사들이 방을 뒤지고는 힘이 빠진 표정으로 나왔다.

"조장, 아무도 없습니다."

"그래?"

눈살을 찌푸리며 주위를 둘러보던 그는 마당에 난 희미한 마차 바퀴 자국을 발견하고 눈을 치켜떴다.

조금 전에 빠져나간 마차와 바퀴 간격이 비슷했다. 만약 그 마차가 이곳에서 나갔다면 자신의 눈앞으로 지나가는 것을 빤히 보고도 놓친 것이다.

그런데 이상한 점이 있었다.

마차 안에는 소년과 소녀, 병자가 타고 있었다. 마차를 모는 사람은 아직 스물이 안 될 것 같은 여자였고.

아무리 생각해 봐도 그들을 비천문의 무사라고 하기에는 무리가 있었다.

'아냐, 놈들의 가족일 수도 있어.'

그는 일단 마차를 조사해 보기로 했다.

"너희들은 이 부근을 샅샅이 살펴봐라. 나는 조금 전에 골목을 나선 마차를 찾아볼 테니까."

유수는 하목인의 말을 듣고 이마를 찌푸렸다.

"마차?"

"예."

"골목에서 나온 마차라면 나도 봤다만……."

유수가 마차를 봤을 때의 기억을 되살렸다.

마차는 젊은 여인이 몰고 있었다. 그 외에는 특별한 점이 느껴지지는 않았었다.

"왜 그 마차를 찾는 거냐?"

"수상한 자들이 산다는 의원의 집에서 마차의 바퀴자국을 발견했습니다."

"그 마차는 여인이 몰고 있었다. 강호의 여인은 아니었지. 게다가 안에는 아이들만 있던 것처럼 보였다. 네 말만으로는 의심하기에 무리가 있어."

"혹시 수상한 놈들의 가족일지도 모르니 찾아봤으면 싶습니다."

"그거야 어려울 것 없지. 그런데 이 넓은 낙양에 그런 마차가 수백 대는 될 거다. 찾을 수 있을지 모르겠군."

"여자가 모는 마차는 많지 않을 겁니다."

"그건 그렇군. 좋아, 그 일은 네가 알아서 해."

*　　*　　*

사운평과 언송초, 조연홍, 궁탁은 뒷담을 넘어서 임풍의 집을 빠져나갔다.

그들은 곧장 이문이 추천한 장원으로 갔다.

이문이 추천한 곳은 동쪽에 있었는데, 건물 네 채로 이루어진 작은 장원이었다.

안을 둘러본 사운평은 장원이 마음에 들었다.

자신이 생각했던 것보다는 규모가 조금 작았지만, 작은 규모를 아쉬워하지 않아도 될 만큼 장점이 많았다.

먼저 주위에 비슷한 규모의 장원이 많아서 특별히 눈에 띄지 않았다. 게다가 정원 등이 알맞게 꾸며져 있어서 나름대로 운치가 느껴졌다.

마지막으로 뒷마당이 넓어서 무공을 수련하기에도 적당했다.

그가 장원을 다 둘러보았을 때 초혜가 모는 마차가 장원에 도착했다.

"얼마짜립니까?"

"은자 이천 냥이면 소유권을 완전히 넘겨받을 수 있네. 이 근처의 장원 중에서는 매우 싼 편이지."

그 정도 금액이라면 큰 부담이 되지 않았다.

사운평은 이문의 판단을 믿고 장원을 사기로 결정했다.

"좋습니다, 계약하죠. 주인은 어떤 사람입니까?"

"나야."

"……."

갑자기 말문이 막힌 사운평은 이문을 빤히 쳐다보았다.

장원의 주인이 이문?

그럼 이천 냥도 비쌌다.

하지만 이문이 한발 먼저 흥정을 막았다.

"바로 옆집은 은자 삼천 냥을 주고 샀지. 이천 냥이면 거저나 마찬

가지야. 내가 아프지만 않았어도 오백 냥은 더 받았을걸?”

초혜가 그를 거들었다.

“아무리 그래도 이천 냥은 너무 싸요, 아버지. 삼백 냥은 더 받아야
해요.”

사운평은 길게 말싸움하고 싶지 않았다.

말싸움으로 둘을 이기는 것은 쉽지 않은 일이었다. 특히 여자가 끼
어 있다면.

“좋습니다. 이천 냥 내죠.”

물론 그렇다고 해서 순순히 다 줄 수는 없었다.

“단, 이 장원은 천해문의 공동소유가 될 것이니, 이숙과 초혜에게
돌아갈 수당만큼 빼고 드리겠습니다.”

총 이할. 사백 냥을 뺀 천육백 냥만 주겠다는 말이다.

초혜가 질렸다는 표정으로 사운평을 보며 고개를 흔들었다.

“싫으면 말해. 대신 나중에 이 장원을 더 비싸게 팔면 한 푼도 없다
는 것만 알아둬.”

한마디로 각자가 투자한 것으로 하겠다는 뜻.

이문은 그 말을 듣고 이의를 제기하지 않았다. 주인만 잘 만나면 삼
천 냥도 넘게 받을 수 있으니까.

“좋네. 그렇게 하지.”

“하여간 진짜 짠돌이라니까.”

초혜가 구시렁거렸다.

사운평은 들은 척도 하지 않고 몸을 돌렸다.

드디어 천해문이 정식으로 거처까지 마련했다. 한 발 더 도약한 것

이다.

'이름은 천해장(天解莊)으로 해야지.'

그때 이문이 말했다.

"아, 미리 알아두어야 할 것이 있네."

"뭡니까?"

"바로 옆집에 낙양성의 추관(推官)이 살고 있네."

추관은 낙양성의 사법 책임자다. 한마디로 살인범이나 도둑에게는 염라대왕 같은 신분.

사운평은 약간 께름칙했고, 조연홍은 속이 뜨끔했다.

언송초도 속이 그리 좋진 않았다.

'설마 검성장에서 관에 고발까지 하지는 않았겠지?'

✝　　✝　　✳

영호명은 검을 메고 통나무집을 나섰다. 평상시와 달리 무거운 표정이었다.

"이번에는 아무래도 오래 걸릴 것 같구나."

"제 걱정 마시고 다녀오세요."

"우아 녀석은 어딜 가서 아직 안 오지?"

"동곡의 절벽에서 좋은 버섯을 발견했다고 했어요. 겨울이 오기 전에 반드시 그 버섯을 따신다고 했는데, 오늘 가신 모양이에요."

"그 녀석 참, 하필 오늘 가누? 벽초 땡초도 안 보이고."

"벽초 스님께선 요즘 만수사에 보물찾기 하러 다니시잖아요."

만수사의 장격각에서 범어로 된 책을 다섯 권이나 발견했다. 벽초
는 이연연에게 가르칠 책이 많아졌다며 시간만 나면 만수사를 찾아갔
다.

"할 수 없지. 오거든 보름쯤 걸릴 거라고 말해라. 그래 봐야 신경도
쓰지 않겠지만. 그럼 다녀오마."

"조심해서 다녀오세요."

이연연이 미소를 지으며 고개를 숙였다.

이연연은 영호명이 오솔길을 따라서 나무 사이로 사라지자 목검을
움켜쥐고 돌아섰다.

'빨리 나 자신을 지킬 수 있는 정도가 되어야 해.'

어릴 때부터 무공을 접했고, 범어를 빠르게 익힐 정도로 머리도 뛰
어나서 상승 무리를 이해하는 것은 어렵지 않았다.

관절이 부드러워서 초식의 어려운 동작도 나름대로 자신 있었다.

아버지가 병을 낫게 하려고 어릴 때부터 복용시킨 영약과 꾸준히
운공조식을 한 덕분에 내공도 약하진 않았다.

할아버지의 말에 의하면, 십여 년 수련한 사람과 비슷한 수준이라
고 했다. 열심히 수련하면 몸 안에 잠재된 영약의 기운도 어느 정도는
자신의 것으로 만들 수 있을 거라 했다.

문제는 근력이다.

내공도 기본적인 체력이 있어야 제대로 된 힘을 발휘한다.

일 년 정도 체력을 다지면 그럭저럭 삼류는 면할 수 있을 것이다.

그럼 그 사람을 찾으러 다닐 수 있지 않을까?

바로 그것이 그녀가 주호정의 죽음을 알고도 이가장으로 돌아가지 않은 이유 중 하나였다.

집으로 들어가면 나오지 못할 테니까.

그녀가 칠 초식으로 이루어진 낙화검법의 검로를 되짚어가며 열 번쯤 반복해서 펼쳤을 때였다.

"연아야아아아!"

뒤쪽에서 곰이 우는 소리나 다름없는 우렁우렁한 소리가 들렸다.

고개를 돌리자 숲 속에서 호우가 뛰어나왔다.

그의 옆구리에는 거대한 박도와 망태기가 매달려 있는데, 망태기 안에는 뭔가가 가득 채워져 있었다. 아마도 버섯인 듯했다.

"왜 이제 오세요?"

"헤헤헤, 버섯이 많아서."

호우가 순박한 웃음을 지었다.

"할아버지께서 친구 만나신다고 산을 내려가셨어요."

"그래? 우헤헤헤, 그럼 땡초 아저씨도 만수사에 갔으니 나와 연연이 뿐이네?"

"그래요. 할아버지는 아마 보름이 넘어야 돌아오실 거예요. 그러니 벽초 스님이 안 계실 때는 너무 멀리 가지 마세요."

"응. 알았어. 절대 멀리가지 않을게."

"그만 들어가요. 따온 버섯으로 요리 만들어드릴게요."

"우와와와! 그래, 들어가자!"

이연연은 좋아서 활짝 웃는 호우를 보며 집으로 들어갔다.

저 멀리서 먹구름이 밀려오고 있었다.

*　　*　　*

삼불자는 아무도 없는 임풍의 집을 멀뚱한 표정으로 둘러보았다.

"다 어디 간 거지?"

하다못해 혼자서 움직일 수 없는 이문조차 없었다. 게다가 방은 도둑떼가 휩쓸고 지나간 것처럼 난장판이었다.

설마 천의산장에 당한 것은 아니겠지?

오죽하면 그런 생각마저 들었다.

불안한 마음이 든 그는 임풍의 집을 나섰다. 졸지에 갈 곳 잃은 신세가 되어버린 그는 상선로로 나갔다.

그때 장한 하나가 주위를 둘러보며 조심스럽게 접근했다.

"혹시 삼불자 어른이 아니십니까?"

"나를 아나?"

"만구점의 유상이라는 하졸입니다."

"만구점? 그럼 임풍의 집에 왜 사람이 없는 줄 알겠군."

"모두 다른 곳으로 옮겼습니다. 저를 따라오십시오."

유상은 나직이 말하고 아무 일도 없었다는 듯 돌아서서 걸었다.

만구점의 정보원인 유상이 삼불자를 데려오자 사운평과 언송초 등이 모였다.

언송초가 먼저 물었다.

"영호명은 만났나?"

"만났다. 아마 지금쯤은 사람들을 규합하기 위해서 움직이고 있을 거다."

"다행이군. 그 늙은이만큼 천의산장을 잘 알고 있는 사람은 없는데 말이야."

"그런데 이곳으로는 오지 않겠다고 하네."

"왜?"

"사기꾼이 있는 곳에는 가고 싶지 않다더군."

삼불자는 언송초의 체면도 봐주지 않고 사실대로 말했다.

언송초도 신경 쓰지 않았다. 어디 한두 번 들어본 말인가?

"영호명이 다른 것은 좋은데 사람 볼 줄은 모른다니까."

"사람을 너무 잘 알아봐서 탈이지."

두 사람의 말싸움이 길어지기 전에 시운평이 싹뚝 잘랐다.

"좌우간! 급할 경우 도움을 청할 길이 하나는 만들어진 셈이군요."

"그렇다고 봐야겠지."

언송초의 대답을 듣던 사운평이 가자미눈으로 조연홍을 바라보았다.

언소소가 조연홍에게 찰싹 달라붙어서 나직이 조잘거리고 있었다.

왠지 모르게 은근히 신경 쓰이고, 약이 올랐다.

"연홍, 소소와 놀고 싶으면 나가서 놀아."

"조 공자, 우리 밖으로 나가요."

언소소가 조연홍의 소매를 잡아당겼다. 조연홍도 못이긴 척 언소소를 따라 나갔다.

‘자식이 말이야, 벌써부터 여자에게 빠져가지고.’

그런데 두 사람을 쳐다보는 바람에 삼불자가 중얼거리듯 말하는 소리를 듣고도 신경을 쓰지 못했다.

“영호명이 의손녀를 두었는데, 무척 예쁘더군. 그 아이를 보니 나도 나중에 의손녀나 하나 두고 싶은 생각이 나지 뭔가.”

게다가 때마침 초혜가 들어오며 방정맞게 소리쳤다.

“문주니이임, 풍죽괴 할아버지에게 갔던 사람이 돌아왔어요.”

“그래?”

“철마문이 의외로 강하게 버티고 있나 봐요. 그 바람에 검천성과 천의산장 무사들이 바짝 긴장해 있어서 양천을 찾으려면 시간이 조금 더 걸리게 생겼대요.”

결국 사실을 확인하려면 시간이 더 걸린다는 말.

그런데 왜 짜증이 나지 않는 거지?

사운평은 그 이유를 모르지 않았다. 이청산이 지시자라는 사실이 밝혀지는 게 그도 불안한 것이다.

‘미안해, 도도 누나. 그래도 복수심이 식은 것은 아니니까, 조금만 더 기다려 줘.’

그때 규탁의 목소리가 들렸다.

“……연연이라고 하는데…….”

멈칫한 사운평이 석상이 되었다.

‘뭐? 여, 연연이라고?’

낙일검제도 천의산장에서 같은 날 사라졌다. 그럼 혹시……?

언송초도 놀란 듯 황급히 물었다.

“자, 잠깐. 지금 이름이 뭐라고 했지?”

“이름? 연연. 이가장의 연연이라고 하더군.”

획!

목이 부러지지 않을까 걱정될 정도로 사운평의 머리가 빠르게 돌아갔다.

“이, 이가장의 이연연? 정말 그렇게 말했습니까?”

“그렇다네. 아는 아이인가?”

안다. 아주 잘 안다. 머릿속에 도장처럼 콱 박혀 있어서 지우고 싶어도 지워지지 않는 이름이니까.

오죽하면 이름을 듣는 것만으로도 눈가가 찡하고 가슴이 벌떡거릴까?

그래도 자신의 마음을 드러낼 수는 없었다.

“조, 조금 일죠.”

사운평이 머뭇거리며 한마디 하자, 초혜가 보충설명을 했다.

“아마 잘 알 거예요. 문주님의 누나인 도도라는 분이 이연연의 언니인 이수수 때문에 돌아가셨거든요.”

“초혜야.”

“제 말이 맞죠, 문주님?”

“그만해.”

“죄송해요. 도도라는 분 이름만 나오면 눈물을 글썽거린다는 걸 제가 깜박했어요.”

“내가 언제 그랬어?”

“지금도 눈이 벌겋잖아요.”

“…….”

도도 누나 때문이 아니다. 연연이 때문이다.

하지만 사실을 말할 순 없었다. 이연연을 납치했다가 오히려 좋아하게 되었다고 말할 수는 없지 않은가 말이다.

사운평은 슬며시 눈을 껌벅이며 정말로 눈물이 맺혔는지 알아보았다.

눈가에서 약간 물기가 느껴졌다.

‘에이, 쪽팔리게.’

그는 태연히 소매로 눈가를 찍어냈다.

“눈에 뭐가 들어갔나? 왜 이리 따끔거려?”

그때까지도 사람들은 그 눈물의 의미를 정확하게 알지 못했다. 엉성한 변명이 약간 수상하게 느껴질 뿐.

“허어, 그럼 영호명이 이연연을 빼돌린 건가?”

언송초가 탄식하듯 말하며 힐끔, 사운평을 살펴보았다.

저놈이 정말로 도도 때문에 눈물을 보이는 걸까?

의심의 눈빛을 번뜩이던 그는 문득 어떤 생각이 들자 슬쩍 미끼를 던져보았다.

“그럼 물건은 누가 훔쳐간 거지? 자넨 알 것 같은데…….”

“제가 그걸 어떻게 압니까?”

사운평은 단호하게 부정하고는 이야기가 이상한 곳으로 흐르기 전에 이야기를 끝맺었다.

“자자! 가서 쉬세요. 이연연에 대해서는 제가 따로 알아볼 테니까요.”

이름을 꺼내는 것만으로도 가슴이 다시 벌떡거리며 뛰었다.

억지로 사람들을 쫓아낸 사운평은 방 안을 서성거렸다.

'찾아가 볼까?'

'아냐, 찾아가면 싫어할지도 몰라. 좋아하는 사람이 따로 있다잖아? 찾아갔다가 당신이 왜 왔냐고 하면 무슨 창피야?'

그뿐이 아니다. 아직 이청산과의 일이 남아 있지 않은가?

'제길, 내가 왜 다른 남자 좋아하는 여자를 못 잊어서 이러는 거지?'

'그래, 보내 주기로 했잖아? 어떤 새끼를 좋아하는지 몰라도 그냥 보내 주자고.'

그래도…… 그래도…….

어느 순간, 우뚝 멈춰선 그는 분방사우가 있는 서탁으로 갔다.

'보내 줄 때 보내 주더라도 마지막 인사는 해야지.'

그때부터 무려 세 시진 동안 썼다 찢었다, 썼다 찢었다 하며 편지 하나를 작성했다. 머리털 나고 처음으로 쓰는 편지여서 그런지 내용이 엉망진창이었다.

'젠장, 나도 모르겠다. 솔직한 마음만 전하면 되지 뭐.'

第六章

백운장에
풍운(風雲)이 일고

　　신궁 사람들은 부상자도 치료할 겸 천의산장의 지부나 다름없는 남화장에서 머물며 신궁의 연락을 기다렸다.

　　그 와중에도 등초력은 사운평 찾는 일을 소홀히 하지 않았다.

　　그러나 신궁 무사가 반으로 줄어든 상황. 그 인원으로는 드넓은 낙양을 뒤지는 데 한계가 있었다.

　　결국 그는 고심 끝에 유수의 도움을 받기로 결정했다.

　　"비밀이 새어 나갈 위험이 있습니다, 등 숙."

　　상관수혁은 그 점을 걱정했다.

　　"나도 안다. 하지만 저들에게 사실을 밝히지만 않으면 우리의 목적을 쉽게 눈치채지 못할 거다. 놈을 잡을 때까지만 모르면 돼."

　　"유수라는 자가 그를 찾을 수 있을까요?"

　　"유수는 그동안 밀각 무사들을 직접적으로 지휘한 자다. 지금으로

선 그보다 놈을 잘 아는 자가 없다.”

잠시 후. 유수가 등초력을 찾아왔다.
“등 대협, 저를 찾으셨습니까?”
“혹시 이 얼굴을 본 적 없나?”
등초력이 대뜸 초상화를 내밀었다.
초상화를 본 유수의 눈이 가늘어졌다.
그려진지 시일이 좀 흐른 듯 종이는 귀퉁이가 헤진 상태였다. 그나마 얼굴 모습은 크게 훼손 되지 않았는데, 어디선가 본 듯한 얼굴이었다.
“머리 모양과 얼굴이 조금 다르긴 하지만 제가 아는 자처럼 보입니다.”
“그래?”
그의 반응에 등초력의 눈빛이 차갑게 번뜩였다.
“다른 특징을 말씀해 주신다면 좀 더 확실하게 알 수 있을 것 같습니다만.”
유수의 말에 등초력은 기억을 되살려서 초상의 주인인 사운평의 체격 등 특징을 말해 주었다.
굳이 다 들을 필요도 없었다. 유수가 단정 짓듯 말했다.
“그자가 분명한 것 같습니다. 그런데 등 대협께서 어떻게 그자의 초상을 가지고 계신 겁니까?”
“가장 최근에 본 것이 언제인가?”
“그리 오래 되지는 않았습니다. 노장주님의 칠순 잔치가 끝난 직후

였으니까요."

"어디서 봤는가?"

"바로 이곳, 낙양에서 봤습니다."

"낙양에서 봤다고?"

"그렇습니다. 이제 등 대협께서 대답해 주시지요. 왜 그자를 찾는
겁니까?"

"그에게서 알아볼 것이 있네."

단순히 알아볼 것이 있어서 초상까지 그려가지고 다닌다? 그것도
몇 달 동안?

개가 배꼽잡고 뒹굴 말이었다.

그러나 유수는 등초력의 심기를 건들지 않기 위해서 말을 조심했
다.

"무슨 일인지 정확히 알아야 서희가 노와드릴 수 있을 것 같습니다
만."

"미안하지만 본 궁과 관련된 매우 중요한 사안이어서 내 마음대로
말해줄 수 없네."

등초력이 무공은 고강해도 거짓말하는 능력은 삼류였다.

유수는 그가 뭔가를 숨기고 있다는 걸 눈치채고 좀 더 압박을 가했
다.

"등 대협도 잘 아시다시피, 상황이 상황인지라 저희도 마음대로 움
직일 수 없습니다. 정확한 이유를 알려주신다면 또 모르겠습니다만."

"도와주지 않겠다면 우리가 알아서 찾겠네. 어쨌든 그가 낙양에 있
다는 걸 알려준 것만으로도 고맙군."

도움을 받지 못하는 한이 있어도 사실을 말해줄 순 없었다.

등초력이 말려들지 않자 조급해진 것은 유수였다.

"좋습니다. 많은 인원을 내드릴 순 없지만 몇 명은 빼낼 수 있을 겁니다. 그 정도는 양해해 주십시오."

"고맙네."

*　　*　　*

사운평은 만구점의 소삼을 통해서 서찰을 만수산에 보냈다.

그러고는 이연연을 잊기 위해서 상천보리선공과 마라팔비천수 수련에 전념했다.

또한 무종무록에서 발견한 초식을 파고드는 것도 소홀히 하지 않았다.

마라팔비천수는 그 자체만으로도 공포의 무공이지만 초식이 있다면 금상첨화가 아니겠는가.

그런데 해석한 범어에 문제가 있는지 상천보리선공의 발전이 더뎠다. 그 바람에 마라팔비천수도 덩달아서 제자리걸음이었고.

'백마사의 지경 노스님을 다시 찾아가볼까?'

그러나 신궁과 천의산장의 눈길이 마음에 걸려서 갈 수가 없었다. 당분간은 모자란 대로 혼자 익히는 수밖에.

그렇게 사운평이 장원에 처박혀 있을 즈음, 신궁은 집요하게 탐문하며 낙양을 뒤졌다.

천의산장에서는 하목인을 비롯한 밀각 무사 다섯을 그들에게 지원

해 주었다.

유수는 기억을 떠올려서 등초력이 지닌 초상을 좀 더 자세히 그렸다.

하목인이 그 초상을 들고 낙양 서쪽을 탐문했다.

사운평의 모습을 봤다는 사람이 제일 먼저 나온 곳은 상선로였다.

그러나 상인들에게 물어보니, 얼굴의 주인공이 며칠 전부터 모습을 보이지 않는다고 했다. 어떤 자는 그가 대엿새에 한 번씩 나타난다고 했고.

그런데 그가 살던 집을 수소문하던 하목인이 눈을 치켜떴다.

"그자가 이 집에 살고 있었다고?"

"그렇습니다, 나리."

어이가 없었다.

이미 한 번 수색해 보았던 집이다. 마차 바퀴자국이 있던 집. 운평이란 자가 이곳에 살고 있었다니.

그 이후로 돌아오지 않았다면 운평이란 자는 그날 빠져나갔을 확률이 높았다.

'빌어먹을.'

마차에 대한 추적을 중단한 게 아쉬웠다.

유수의 말대로 비슷한 마차가 너무 많았다. 더구나 삼비의 가족일지 모른다는 것도 추측일 뿐이어서 적극적으로 찾아 나서지 않았다.

그러나 이제는 상황이 바뀌었다.

'다시 찾아봐야겠어.'

그가 마차를 찾기 위해 임풍의 집을 나서던 그 시각, 남화장의 등초
력에게 사운평의 행적과 관련된 중요한 소식이 전해졌다.

*   *   *

"그가 백운장으로 들어가는 것을 봤다는 사람이 있습니다."
등초력이 유수를 쳐다보았다.
"백운장은 어떤 곳인가?"
"역술로 유명한 백운선생의 장원입니다."
"역술?"
"아마 낙양의 고관대작들 치고 그를 찾아가지 않은 사람이 거의 없
을 겁니다."
"운평이란 놈이 왜 백운장을 찾아간 거라 보는가?"
"글쎄요. 단순히 관상이나 보겠다고 찾아가지는 않았을 겁니다."
"나 역시 같은 생각이네."
등초력은 유수의 말과 태도에서 이상한 점을 느끼고 이맛살을 찌푸
렸다.
그가 아는 운평은 백여우 뒤통수를 때릴 만큼 교활한 자였다. 무공
도 붕천일사 사공학의 옷자락을 자를 만큼 강했고.
유수는 그런 운평의 무서움을 모르는 듯했다.
그렇다고 해서 놈의 무서움을 알려줄 생각은 없었다. 그 사실을 알
면 천의산장도 보다 강한 전력을 투입할 것이다.
자칫해서 놈이 천의산장의 손에 잡히기라도 하면 자신들의 목적까

지 밝혀질 수 있었다.

"백운장과의 관계는 내가 가서 알아봐야겠군."

"직접 가실 겁니까?"

"보고만 받고 있는 것은 내 체질상 맞지 않아."

등초력은 상관수혁을 비롯해서 신궁의 무사 다섯을 데리고 남화장을 나섰다.

그로부터 이각쯤 지났을 때, 삼십여 명으로 이루어진 일단의 무리가 남화장에 도착했다.

마침내 천의산장의 지원 고수들이 낙양에 도착한 것이다.

고경천은 그들의 면면을 보고 놀라움을 감추지 못했다.

그는 먼저 삼원(三垣) 중 천시원(天市垣)의 주인인 검종(劍宗) 금우경을 향해 예를 취했다.

"먼 길 오시느라 애쓰셨습니다, 원주."

"수고가 많네."

하얀 수염이 가슴을 덮은 금우경은 영호명과 함께 천하십검이라 불렸던 전대고수 중 하나였다.

그와 함께 온 사람 중에는 철수무정객 염치상을 비롯한 장로원의 고수가 넷이나 포함되어 있었고, 나머지 사람들도 모두 이십팔수 이상의 고수들이었다.

"장주께서는 이번 일이 깨끗하고 조용하게 마무리되기를 바라고 계시네."

"저 역시 밀각의 무사들을 동원해서 놈들을 찾고 있습니다."

"아직 찾지 못했는가?"

"놈들이 꼬리를 자르고 도망치는 바람에 어려움을 겪고 있습니다만, 밀각의 정예 무사들이 쫓고 있으니 곧 위치가 드러날 겁니다. 쉬시면서 조금만 기다려 주시지요."

"알았네."

그때 염치상이 물었다.

"단심객이 이곳에 와있다 들었네만."

그 말에는 유수가 대답했다.

"조금 전에 일을 보겠다며 나갔습니다."

"그가 직접 나섰단 말인가?"

"예, 장로."

"무슨 일인지 아는가?"

"한 사람을 찾고 있습니다."

"사람을?"

"개인적으로 알아볼 일이 있다고 하셨습니다."

"흠, 그래?"

"찾고 있는 사람이 백운장에 들락거리는 걸 본 자가 있다고 해서 지금은 백운장으로 갔습니다."

"그들이 찾는 자는 누군가?"

"운평이라는 자로, 매우 젊은 청년입니다."

유수는 말을 하면서 품속에서 초상이 그려진 종이를 꺼냈다.

"바로 이잡니다, 장로."

몇 사람이 초상화를 바라보았다.

처음 보는 얼굴. 게다가 젊었다. 대부분 건성으로 초상화를 보고 시선을 돌렸다.

유수는 그들이 관심을 가지지 않자 초상화를 접었다.

"잠깐."

염치상이 이마를 찌푸린 채 손을 뻗었다.

유수는 초상화를 접다 말고 고개를 돌렸다.

"아는 자입니까?"

"아는 자는 아닌데…… 꼭 어디서 본 느낌이 드는군."

딱히 누구라고 할 수는 없었다. 흔하디흔한 얼굴이어서 오늘만 해도 몇 번은 본 듯했다. 그럼에도 묘하게 신경이 거슬렸다.

염치상 옆에 있던 중년인이 쓱 고개를 내밀고 초상을 보더니 고개를 저었다.

"제가 아는 사람 **중**에서도 그 얼굴과 비슷한 사람이 셋은 될 겁니다. 그림만 가지고 사람을 찾으려하다가는 엉뚱한 사람을 찾기 십상이지요."

"하긴, 자네 말도 일리가 있군."

염치상은 중년인의 말을 인정하면서도 여전히 신경이 쓰이는 듯 인상을 풀지 않았다.

"원주, 제가 백운장에 가보겠소이다."

"염 노제가?"

"등초력이 누구를 찾는지 몰라도, 상대의 정체를 밝히지 않는 게 아무래도 수상합니다."

"그 말도 일리가 있군. 알겠네. 그럼 만약을 생각해서 몇 명 데리고

가게.”

＊　　＊　　＊

초혜가 작은 죽립을 쓰고 장원으로 들어왔다.

마침 마당을 지나가던 영소가 고개를 돌리자 다급한 표정으로 물었다.

“영소야, 문주님 어디 계셔?”

“뒷마당에 계실 걸요? 왜요, 누나?”

그녀는 대답도 미루고 뒷마당으로 뛰어갔다.

“문주니이이임!”

무종무록의 초식을 펼치던 중 막 허공으로 도약하던 사운평은 갑작스러운 외침에 멈칫하며 엉거주춤한 자세로 내려섰다.

‘저게 정말! 어디서 무공을 수련하고 있는데 소리치고 들어와?’

“왜 그러고 계세요?”

몰라서 물어?

뭘 잘못했는지 설명해 주고 싶었지만, 초혜의 깜박이는 눈을 보고 포기했다.

하수가 어찌 상승 무공의 심오함을 이해할 수 있으랴.

“무슨 일이야? 그 괴상한 죽립은 또 뭐고?”

“이거요? 저번에 천의산장 사람들이 저를 봤잖아요. 그래서 조심하려고 쓴 거예요.”

겁이 난 그녀는 그날 이후 마차도 타고 다니지 않았다.

“쓰려면 어울리는 걸 써야지. 그런 걸 쓰면 사람들이 더 쳐다볼 것 아냐?”

“아, 제 얼굴에 맞게 더 예쁜 걸 쓰란 말이죠?”

“헛소리 그만하고, 용건부터 말해 봐. 무슨 일인데 방정을 떠는 거야?”

“쳇. 그 정도 농담도 못 받아들이네. 재미없어.”

“말 안 할 거면 그만 가보든가.”

입을 삐죽인 초혜가 찾아온 용건을 말했다.

“남화장에서 나온 신궁 사람들이 백운장 쪽으로 가고 있대요.”

‘젠장. 결국 백운장도 발각된 건가?’

며칠 조용해서 백운장은 안전할 줄 알았다. 그런데 아무래도 저들이 눈치챈 것 같다.

“몇 명이나 갔어?”

“다섯 명이요.”

“다섯?”

“예. 등초력이라는 사람도 갔어요.”

이상하다. 다섯 명으로는 백운장을 이길 수 없다. 모두가 등초력만 한 실력이라면 또 몰라도.

그들의 정체를 알고 간 것은 아니라는 뜻.

그럼 무슨 일 때문에 간 거지?

그때 초혜가 말했다.

“문주님 때문인 것 같아요.”

범인은 바로 너야! 그런 눈빛으로 빤히 바라보며.

사운평은 검지로 자신의 얼굴을 가리켰다.

"나 때문에?"

"예. 그 사람들이 이상하게 그려진 문주님의 얼굴 그림을 가지고 여기저기 수소문하며 다녔잖아요. 아무래도 문주님이 백운장에 가신 것을 그들이 알았나 봐요."

설령 그런 이유로 갔다 해도 등초력이라면 백운장의 정체를 눈치챌지도 모른다.

백운장이 삼비와 관련되었다는 걸 알면 자신에 대한 조사도 더 철저해지겠지?

'제길, 여차하면 일이 이상하게 꼬일지도 모르겠군.'

뭔가 조치를 취해야 할 것 같다. 불길이 천해장까지 옮겨 붙기 전에.

"연홍하고 궁 형을 내 방으로 오라고 해."

"아참, 또 하나 소식이 있어요."

"뭔데?"

"굉장한 고수들이 낙양에 들어왔어요."

"굉장한 고수?"

"모두 삼십 명이 넘는데, 남화장으로 들어갔데요."

남화장에 들어갔다면 천의산장에서 온 자들이라는 뜻이다.

어느 정도 예견했던 일.

본격적인 사냥을 시작하겠다는 거겠지.

"어떤 자들이 왔는지 알아?"

"알아보라고 했어요."

“빨리 알아봐.”

“알았어요. 그럼 저는 그걸 알아볼 테니, 연홍 오빠와 궁 아저씨는
문주님이 찾아봐요.”

초혜는 그게 당연하다는 듯 휙 몸을 돌렸다.

사운평은 서두르는 초혜가 영 불안했다.

“너무 서둘지는 마. 위험하니까.”

초혜가 고개를 돌리더니 자신이 더 걱정된다는 표정을 지었다.

“제 걱정 말고 문주님이나 조심해요. 아무 일에나 끼어들어서 괜한
일 벌이지 말고요.”

“큼, 내가 너 같은 줄 아냐?”

조연홍과 궁탁을 부른 그는 칼을 옆구리에 찼다.

백운장은 천해문의 최대 고객이다. 물론 이번 도움도 돈과 직결될
것이고.

그거면 백운장을 돕는 공식적인 이유로 충분했다.

“우리도 함께 갈까?”

언송초가 나른한 표정으로 말했다. 삼불자는 아무 말 없이 수염만
꼬고 있고.

“노선배님들은 그냥 여기 계십시오.”

무위만 생각하면 삼불자나 언송초가 조연홍보다 훨씬 강했다. 그러
나 자신의 말대로 움직여주지 않으면 짐만 될 뿐이다.

‘저 나른한 표정 좀 봐. 저게 어디 도와줄 사람 표정이야?’

*   *   *

“이 사람을 알고 있소?”

등초력이 초상화를 백원양의 눈앞에 내밀며 냉랭히 물었다.

드디어 올 것이 왔는가?

백원양은 내심 긴장했지만 최대한 담담한 표정으로 대답했다. 자신보다 서너 살 아래로 보이는 상대가 누군지 아는 까닭이다.

“알고 있소이다.”

“이자가 무슨 일로 여기에 왔소?”

“그야 관상을 보기 위해서 왔지요.”

“나는 귀하와 말장난 하려고 온 것이 아니오.”

“백 모는 물어봐서 사실대로 말했을 뿐인데, 왜 믿지 않는 거요?”

“나는 이 초상화의 주인이 얼마나 교활한지 잘 알고 있소. 그런 자는 남에게 관상 따위를 봐 달라고 하지 않소.”

“귀하가 그를 어떻게 생각하든, 그는 분명히 자신의 관상을 무척 궁금해 했소이다.”

“이자는 지금까지 나를 두 번이나 교묘하게 속였소. 그렇게 교활한 자가 단순히 관상이 궁금해서 당신을 찾아왔다고?”

“교활한 자라 해도 자신의 미래가 궁금할 수는 있는 일 아니오?”

“이자가 언제 찾아왔소?”

단순한 그 질문 속에는 함정이 숨어 있었다. 날짜가 터무니없이 차이나면 곧바로 날선 공격이 날아들 것이다.

백원양은 그 점을 바로 간파하고 침착하게 대응했다.

"아마 보름쯤 됐을 거요."

"보름 전? 그 이후로도 그를 만나지 않았소?"

"물론이오. 나는 그를 세 번 만났소."

등초력이 그 말을 듣고 조소를 지었다.

"설마 세 번 다 관상을 봐 달라고 한 것은 아니겠지?"

"그가 관상을 봐 달라고 한 것은 처음의 한 번뿐이오. 나머지 두 번은 그에게 몇 가지 시킬 일이 있어서 만났소."

"시킬 일?"

"모르셨소? 그는 남의 일을 대신해 주는 청부업자요. 처음 만났을 때 그 말을 듣고 시킬 일이 있어서 불렀던 거요."

등초력은 거기에서 말문이 막혔다.

청부업자라고?

일개 청부업자가 붕천일사의 공격을 막아내고, 자신을 두 번이나 속이고 빠져나가?

'그러니까…… 내가 한낱 청부업자에게 당했다?'

어이가 없었다. 어찌나 어이가 없는지 화도 나지 않았다.

"그게…… 정말이오?"

"아마 이 백 모가 거짓말을 즐겨했다면 낙양의 수많은 사람들이 백운장을 찾아오지도 않았을 거요."

등초력은 백원양의 눈을 보고 그의 말이 거짓이 아니라는 것을 직감했다.

'이 등초력이 새파란 청부업자에게 당했다는 걸 친구들이 알면 박장대소하겠군.'

그러나 분명한 것은, 그 친구들도 운평이라는 놈을 만나면 당할 수밖에 없을 거라는 사실이었다.

"좋소. 그 말은 믿지. 그럼 하나만 더 묻겠소."

"말씀해 보시오."

"백운선생, 당신의 진짜 정체는 뭐요?"

"무슨 말씀이신지?"

"절정의 무공을 지니고 있는 고수가 왜 관상쟁이 행세를 하냔 말이오."

등초력은 차갑게 말을 맺고 백원양을 노려보았다.

그러나 입으로 먹고사는 직업답게 말싸움은 백원양이 그보다 한 수 위였다. 그가 쓴웃음을 지으며 말했다.

"관상쟁이가 무공을 익히고 있으니 이상하게 보였나 보구려. 사실 이 백 모는 어릴 적부터 무공을 익혔소. 그러다 어느 날 주역에 관심을 가졌고, 그 분야에 있어서 천부적인 자질을 지녔다는 걸 알게 되었소. 그래서 관상쟁이로 나서게 된 거요."

"흥! 그럼 귀하는 그렇다 치고, 장원에 있는 자들 중 상당수가 무공을 익힌 고수라는 것은 어떻게 설명할 거지?"

"후우, 관상과 운세를 봐주다 보면 때론 틀릴 때도 있소. 가끔은 강호의 고수들도 관상과 운세를 보러 오는데, 틀릴 경우 칼을 들이대곤 했소. 당신도 알다시피 강호인들은 논리적인 말보다 힘을 앞세우곤 하지 않소?"

당신도 지금 그렇게 하고 있잖아?

그런 뜻이 담긴 말투.

등초력은 이마만 찡그릴 뿐 아무 말도 못했다.

"그래서 백 모는 삶의 터전을 지키기 위해서 경호 무사들을 두지 않을 수 없는 거외다. 싸움을 걸어오는 자들을 일일이 내가 직접 상대할 수는 없는 일 아니오?"

백원양이 조용히 말을 끝냈다.

등초력의 완패처럼 느껴지는 상황.

그러나 등초력도 마지막 한 수가 남아 있었다.

그가 차가운 눈빛으로 백원양을 직시한 채 말했다.

"왕가장에 대해서는 어떻게 설명할 거지? 설마 모른다고는 않겠지?"

갑작스러운 공격에 백원양조차 하마터면 흔들릴 뻔했다.

그런데 조용히 앉아 있기만 하던 상관수혁이 다그치듯이 몰아붙였다.

"그들도 아닌 척하다가 결국 정체가 들통 났소. 살고 싶다면 솔직히 말하는 게 좋을 거요."

그 잠깐 사이, 가까스로 흔들린 마음을 가라앉힌 백원양은 의아한 표정을 지었다.

"왕가장이라면 본인도 알고 있는 곳이오. 그런데 그들의 정체라니? 그게 무슨 말이오?"

탕!

상관수혁이 탁자를 내리쳤다.

"모른 척해봐야 소용없다고 했을 텐데! 당신들이 비천문의 제자라는 걸 우리가 모를 줄 아시오?"

비천문!

화살 같은 한마디가 심장을 향해 날아들었다.

왕가장이라는 말이 나왔을 때부터 각오하고 있던 백원양은 흔들리려는 마음을 악착같이 붙잡았다.

'저들은 확신을 갖고 묻는 게 아니다. 확신을 갖고 있었다면 소수로 찾아와서 굳이 그걸 물을 이유가 없어.'

왕가장을 칠 때처럼 우르르 몰려와서 공격했겠지.

"글쎄올시다. 비천문이라는 이름은 오늘 처음……."

그때였다.

덜컹!

뒷문이 세차게 열렸다.

뒤이어 터져 나오는 냉랭한 목소리.

"알면 어쩌겠다는 거냐!"

백원양의 표정이 석고처럼 굳었다.

나승의 목소리였다.

그토록 함부로 행동하지 말라고 당부했거늘!

사운평의 마음을 절감한 그는 눈살을 찌푸리며 버럭 소리쳤다.

"알긴 뭘 안단 말이냐? 네가 나설 자리가 아니니 들어가라!"

그때라도 나승이 멈추기만 바랐다.

그럼 '내가 모욕을 받는 줄 알고 화가 나서 나선 것 같소.' 라고 해명하면 되니까.

하지만 나승은 그의 기대를 무참하게 무너뜨렸다.

물러서기는커녕 오히려 눈을 부릅뜨고 기세등등하게 소리쳤다.

"놈들이 다 알고 온 것 같은데 뭘 망설이십니까? 몇 놈 안 되니 다 죽여 버립시다!"

'저 멍청한 놈이!'

찰나였다.

쾅!

탁자가 폭발할 것처럼 굉음을 내며 날아들었다.

기껏해야 한 자의 거리.

백원양은 반사적으로 탁자를 잡았다.

끄르르르륵.

의자에 앉은 채 석 자나 밀려난 그는 손으로 잡고 있던 탁자를 앞으로 밀었다.

원목으로 되어 있는 이백 근 무게의 탁자가 앞으로 날아갔다.

"흥!"

싸늘한 코웃음 소리.

등초력이 우장으로 탁자를 내리쳤다.

콰광!

가공할 파괴력!

커다란 탁자가 산산이 부서져서 암기처럼 비산했다.

백원양은 일 장 밖으로 물러나서 양손을 휘둘러 탁자 조각을 쳐냈다.

"결국 네놈들도 왕가장과 한패라는 게 드러났구나!"

스릉!

상관수혁이 소리치며 검을 뽑았다.

백원양은 나승이 원망스러웠다. 분노가 치밀어서 자신의 손으로 때려죽이고 싶을 정도.

그러나 지금은 분노를 터트릴 때가 아니었다.

"한 놈도 장원을 못 빠져나가게 막아라."

빠르게 소리친 그는 두 손을 양쪽으로 쫘악 펼쳤다.

"예, 령주!"

벽 뒤쪽에 숨어 있던 경호 무사들이 밖으로 튀어 나갔다.

등초력이 상관수혁을 향해 다급히 말했다.

"일단 이곳을 나가라, 수혁!"

백원양의 무공은 그가 짐작했던 것보다 더 강했다.

더구나 이곳은 삼비의 소굴 중 하나.

자신을 비롯해서 다섯뿐인 인원으로는 빠져나가는 것조차 벅찼다.

'떠보기만 하고 기회를 봐서 물러서려 했는데, 일이 너무 빨리 진행됐어!'

나승의 성급함은 백운장만 위기로 몰아넣은 것이 아니었다. 등초력 등 신궁의 무사들마저 위험에 처하게 했다.

"그대들이 자초한 일이니 우리를 원망하지 마라!"

백원양이 전과 판이한 표정으로 냉랭히 말해며 쌍장을 휘둘렀다.

"지금이다, 나가라!"

등초력이 소리치며 검을 뺐다.

뒤늦게 상황을 깨달은 상관수혁이 창문을 향해 몸을 날렸다.

동시에 등초력이 백원양을 공격했다.

와장창!

상관수혁은 창문을 부수며 밖으로 몸을 날렸다.

"어딜 가려고!"

나승이 기세등등하게 뒤를 쫓아갔다.

콰과광!

방 안에서는 등초력과 백원양의 기운이 정면으로 충돌하며 굉음이 터져 나왔다.

백원양은 등초력의 가공할 검세를 이겨내지 못하고 벽까지 밀려났다.

등초력도 두 걸음 물러서서 백원양을 노려보았다. 그의 눈빛이 경악으로 물결쳤다.

"과연 삼비의 무공!"

"착각하지 마라, 등초력. 너는 아직 본문의 무공을 보지도 못 했느니라!"

등초력이 흠칫했다.

지금의 실력만 해도 예상보다 강하거늘, 아직 삼비의 무공은 드러내지도 않았다니.

순간!

"이게 바로 천화이니……!"

백원양이 한소리 외치며 양손을 내밀었다.

"천화가 타오르면 만물이 소멸되리라!"

화르르르!

강력한 양강진기가 그의 쌍장에서 쏟아졌다.

시뻘건 화룡이 등초력을 향해 밀려갔다.

등초력은 공력을 구성까지 끌어올려서 벼락처럼 검을 뻗었다.

콰과과광!

연이은 굉음과 함께 방 안의 집기들이 터져 나갔다.

방 안에서 백원양과 등초력이 전력을 다한 대결을 펼치고 있던 그 때. 철수무정객 염치상이 천의산장 무사들을 대동하고서 백운장에 들어섰다.

"신궁 사람들을 구해라!"

선두에 섰던 염치상이 냉랭히 소리치며 신형을 날렸다.

백운장 무사들 사이로 뛰어든 그는 양손을 번개처럼 휘둘렀다.

그가 손을 휘두를 때마다 강맹한 장력이 벼락처럼 떨어졌다.

하지만 백운장 무사들 역시 약하지 않았다. 그들 중 청의를 입은 장한 서넛이 합공을 하자 염치상도 마음대로 날뛰지 못했다.

염치상은 그제야 상황의 심각함을 인식하고 표정이 굳어졌다.

'어디서 이렇게 강한 놈들이……?'

번개처럼 어떤 생각이 뇌리를 스쳤다.

'혹시 이놈들이?'

그때였다.

콰광!

건물의 벽이 무너지며 한 사람이 밖으로 나왔다.

등초력이었다.

땅에 내려선 그는 재빨리 상황을 둘러보았다.

이미 신궁의 무사 셋 중 둘이 쓰러진 상태였다.

상관수혁은 부상을 입은 채 전력을 다해서 방어를 하는 중이었고, 나머지 한 사람은 금방이라도 쓰러질 듯했다.

그는 위기에 빠진 상관수혁 쪽으로 몸을 날렸다.

"내가 막을 테니 어서 빠져나가라!"

"어림없다!"

나승이 그의 앞을 막았다.

등초력이 나승을 향해 검을 뻗었다.

쭉 뻗어 나간 검강이 찰나 간에 삼변(三變)을 일으키며 나승을 덮쳤다.

천지를 가르는 시퍼런 번개!

자신만만하던 나승이 이를 악물고 검을 휘둘러서 등초력의 검세를 막았다.

쾡!

"크흡!"

거센 충격.

나승이 눈을 부릅뜨고 신음을 삼켰다.

정신없이 칠팔 보를 물러선 그의 창백해진 얼굴이 파르르 떨렸다.

"물러서!"

방 안에서 백원양이 뛰쳐나오며 소리쳤다.

그의 안색도 좋지 않았다. 등초력과의 오 초 대결로 가볍지 않은 내상을 입은 것이다.

상대편의 지원무사가 만만치 않은 고수임을 안 그는 더 망설이지 않고 봉인을 풀었다.

"힘을 드러내도 상관없다! 놈들을 쳐라!"

등초력은 백원양이 뒤따라 나오자 마음이 급해졌다.

백원양과의 대결에서 약간의 우세를 점하긴 했으나 큰 차이는 아니었다.

숫자도 많은 저들이 지금까지 숨기고 있던 삼비의 무공을 쓴다면 빠져나가기가 그만큼 어려워진다.

"뉘신지 모르지만, 속히 이곳을 빠져나가야 하오!"

그가 몸을 날리며 염치상을 향해 소리쳤다.

염치상도 상대가 의외로 강해서 놀라 있던 터였다.

단심객 등초력이 자존심을 접고 빠져나가려고 할 정도라면 무슨 말이 더 필요하겠는가.

"이곳을 나가라!"

그가 천의산장 고수들을 향해 외쳤다.

바로 그때, 백운장 무사 중 청의를 입은 자들이 일제히 몸을 날리며 천의산장과 신궁의 고수들을 공격했다.

천화의 맥을 이은 제자들이었다.

화르르르르!

그들이 펼치는 공세에서 쇠도 녹일 것 같은 불길이 뿜어졌다.

이전과 확연히 다른 위력.

기겁한 염치상은 다급히 장을 휘둘러서 상대의 공세를 차단하고는 허공으로 솟구쳤다.

천화의 제자들이 강하다 하나 도주하려는 철수무정객을 붙잡기에는 역부족이었다.

그러나 다른 자들은 그만큼 강하지 못했다.

천의산장의 고수 중 미처 물러서지 못한 세 사람이 천화의 공세에 휘말렸다.

그들 역시 절정 수준에 도달한 고수들이었음에도 천화의 후인들이 펼친 연수합공을 벗어나지 못했다.

퍼벅! 떠덩!

"크억!"

"으아악!"

천화의 기운에 당한 자들이 처절한 비명을 터트리며 쓰러졌다.

그사이 등초력과 상관수혁, 염치상과 천의산장의 고수 한 사람이 백운장을 빠져나갔다.

한편, 한발 늦게 도착한 사운평은 잔뜩 이마를 찌푸린 채 밀리서 백운장을 바라보았다.

'결국 일이 터졌군.'

승패는 중요하지 않았다. 진짜 중요한 문제는 백운장의 정체가 드러났다는 사실이다.

자신이 끼어들지 않는 것도 그 때문이었다.

전부 죽이지 못한다면 자신과 천해문까지 삼룡의 표적이 될지 모르니까.

"대형, 어떻게 하실 겁니까?"

조연홍이 걱정스러운 표정으로 물었다. 그는 사운평의 오지랖을 누구보다 잘 알고 있었다.

고객의 집에서 싸움이 벌어졌는데 무슨 일을 벌일지 누가 안단 말인가?

다행히 사운평도 오늘만큼은 신중했다.

"일단 상황을 지켜보자."

조연홍은 안도의 표정을 지었다.

'휴우, 다행이네. 하긴 대형도 저 판에 뛰어들고 싶진 않겠지.'

철수무정객이 천의산장의 고수들과 함께 도착한 것은 그때였다.

"어? 저 양반도 왔나?"

사운평이 염치상을 알아보고 눈을 크게 떴다.

"누군데요?"

"철수무정객 염치상."

"헉!"

헛바람을 들이킨 조연홍은 간이 오그라드는 기분이었다.

철수무정객의 이름은 듣기만 해도 두려웠다. 더구나 사운평의 눈빛이 반짝반짝 빛이 나고 있지 않은가.

"대, 대형. 설마 저곳에 뛰어들 생각은 아니시겠죠?"

"연홍."

"예."

"내가 미친놈처럼 보이냐?"

"예? 아뇨?"

"근데 내가 왜 저기에 뛰어들어?"

"저는 그냥…… 대형이 고객을 중요하게 생각하는 것 같아서…… 아직 귀령자에 대한 일도 남아 있고…… 저번처럼 청부를 받겠다고 나설지도 모르고……."

조연홍이 당황해서 급히 얼버무렸다.

그런데 그 말을 듣고 사운평이 고개를 갸우뚱거렸다.

"어? 그런가?"

왠지 모를 불길함을 느낀 조연홍이 급히 입을 닫았다. 하지만 그때
는 이미 사운평이 중대한 깨달음을 얻은 후였다.

"연홍."

"예, 대형."

"깨우쳐줘서 고맙다. 네 말을 듣고 생각해 보니까, 잘하면 크게 한
건 할 수 있겠어."

"대형……."

울상이 된 조연홍은 사운평을 말리려 했다.

사운평은 그의 마음을 눈곱만치도 알아주지 않고 고개를 돌려 버렸
다.

"철수무정객이 왔다 해도 백운장이 지진 않을 거야. 그래도 피해는
클 거다. 문제는 그다음이지."

이 싸움에서 이기더라도 백원양은 백운장을 포기하고 도주할 수밖
에 없다.

그때부터 천의산장과 신궁의 집요한 추적을 받게 될 것이다. 어쩌
면 은명곡도 나설지 모르고.

그들과 정면대결을 벌일 수 있는 힘이 없는 이상, 백운장으로선 누
군가의 도움이 필요하지 않겠는가.

대박의 기회!

어디 그뿐인가?

'잘하면 천화의 주력을 찾아낼 수 있겠는데?'

그거야말로 엄청난 정보였다. 만금의 가치가 있는 정보.

사운평이 열심히 머리를 굴리고 있던 그때, 백운장 무사들이 무시무시한 양강무공을 펼치기 시작했다.

고함과 비명이 연이어 터져 나왔다.

그 직후 등초력과 염치상이 백운장 밖으로 신형을 날렸다.

강호가 알면 경악할 일이었다.

천하의 고수, 단심객과 철수무정객이 등을 보이며 탈출하다니!

'자존심이 많이 상했겠는데?'

그렇다면 상한 자존심을 만회하기 위해서 더욱더 악착같이 백운장 무리를 추적할 것이다.

'단단히 각오해야겠군.'

나쁠 것은 없었다.

힘든 만큼 결실도 클 테니까.

백원양은 조용해진 앞마당을 둘러보며 이를 악물었다.

당장의 싸움에서는 이겼다 하나 자신들 역시 이곳을 떠나야 할 판이었다.

오랫동안 닦아온 터전을 한순간에 잃어버린 것이다.

'이십 년의 노력이 하루아침에 수포로 돌아갔구나.'

그때 전음이 그의 고막을 울렸다.

『빨리 정리해서 낙양을 빠져나가죠. 검종 금우경이 천의산장 고수들을 이끌고 남화장에 도착해 있단 말입니다. 그들이 오면 가고 싶어도 못 갈 거요.』

귀에 익은 목소리.

더구나 마지막 몇 마디는 상대의 정체를 더욱 확실하게 알려주었다.

『원래 금 백 냥은 받아야 하는데, 단골이라서 공짜로 알려주는 거요.』

백원양이 생각할 것도 없다는 듯 다급히 소리쳤다.

"몸이 성한 사람들은 들어가서 중요한 물품만 챙겨라. 이곳을 떠난다!"

청의 무사들은 그의 명령에 의문을 품지 않고 건물 안으로 들어갔다.

백원양은 명령을 내리고서 나승을 돌아다보았다.

나승도 내상이 심한 듯 안색이 백지장처럼 창백한 상태였다.

"나승."

"예, 령주."

"네가 뭘 잘못했는지 모르진 않겠지?"

"무슨 말씀입니까? 제가 뭘 잘못했다고……?"

"뭘 잘못했냐고?"

분노한 백원양은 그에 대한 대답으로 손을 뻗었다.

쾅!

"커억"

갑작스러운 일장에 나승이 땅바닥을 뒹굴었다.

"네가 그 입만 함부로 놀리지 않았어도 이 모양이 되진 않았을 거다. 궁으로 돌아가면 너에 대한 죄를 물을 것이니 그리 알아라."

"나, 나는 잘못한 것이······."

백원양은 변명하는 나승을 쳐다보지도 않고, 곡추화에게 차가운 목소리로 명을 내렸다.

"추화, 네가 나승을 호송해라."

"예, 령주."

"그는 죄인이니 더 이상 상관의 대우를 할 필요 없다."

第七章

계약 하나 하시죠?

남화장이 발칵 뒤집혔다.

백운장에 긴 등초력과 칠수무정객이 내상을 입은 몸으로 돌아온 것이다.

금우경이 염치상의 말을 듣고 대경해서 벌떡 일어섰다.

"뭐야? 삼비 놈들이라고?"

"그렇소이다, 원주."

"탐랑군은 즉시 모든 무사들을 집결시키게! 아니, 일단 모여 있는 사람들부터 출발할 테니, 나머지는 뒤따라오라 하게!"

"예, 원주!"

"그리고 밀각과 남화장의 모든 무사들을 풀어서 낙양을 빠져나가는 길목을 지키라고 해!"

남화장을 나선 천의산장 고수들은 백운장을 향해 달려갔다.

그들이 도착했을 때 백운장에는 시신만 남아 있었다.

"놈들이 이곳을 포기할 생각인가 봅니다."

"우리가 왔다는 것을 알고 도망친 것 같소, 원주."

장원을 둘러본 염치상이 말했다.

미간을 좁힌 금우경이 고개를 끄덕이고는 명령을 내렸다.

"모두들 건물 안을 샅샅이 뒤져보게. 놈들도 급히 빠져나가느라 제대로 챙기지 못했을 터, 놈들의 본거지를 찾을 수 있는 단서가 남아 있을지 모르네."

건물 내에는 백원양 등이 놓고 간 물건들이 많이 남아 있었다. 개중에는 값이 제법 나가는 물건도 많았다.

그러나 금우경이 찾으려 했던 단서는 어디에서도 발견되지 않았다.

남화장 무사가 백운장으로 달려들어 온 것은 장원에 대한 수색을 마칠 무렵이었다.

"백운장 무리가 북문을 통해서 낙양을 빠져나갔습니다."

보고를 받은 금우경은 즉시 명령을 내렸다.

"놈들이 빠져나간 시각은 길어야 이각 이내다. 아직 멀리 가지는 못했을 것이야. 놈들을 쫓아라!"

*　　*　　*

백원양은 참담한 마음을 추스르고 낙양성을 빠져나왔다.

이십 년의 노력이 공염불이 되어버린 것은 물론이고, 애써 키운 천화궁의 제자 일곱 명이 죽거나 다쳤다.

왕가장이 발각되었을 때부터 이미 예견된 결과일지 몰랐다. 사운평 때문에 벌어진 일일 수도 있고.

그러나 무엇보다 나승의 잘못이 컸다.

그 자리에서 비천문의 제자임을 시인하다니.

'아무리 종악이 부탁했어도 돌려보냈어야 했어.'

일 년 전, 친구이자 궁의 총령인 나종악이 경험을 쌓게 해 주겠다며 동생을 자신에게 보냈다.

나승의 오만한 성품을 잘 알고 있던 그는 고민하지 않을 수 없었다.

하지만 오랜만에 만난 친구의 부탁이 아닌가. 그는 '괜찮겠지' 하는 마음으로 받아들였다.

'그때의 안이한 결정이 결국 이런 결과를 가져오고 말았어. 냉정하게 거절했어야 하는데.'

자신 역시 이번 일에 대한 책임을 면할 수 없으리라.

"령주, 이대로 운대산까지 가실 겁니까?"

곡추화가 물었다.

"황하를 바로 건너서 육로로 가면 놈들의 추적이 궁까지 이어질 수 있다. 황하에서 배를 타고 내려가면서 놈들의 움직임을 살펴본 다음에 결정하도록 하자."

"옳으신 판단입니다."

"놈들에게 빌미를 제공할 만한 것은 남겨놓지 않았겠지?"

"없앨 것은 없애고, 가져가야 할 것은 모두 가지고 나왔습니다."

"미리 준비해 놓은 게 천만다행이군."

백원양은 가슴을 쓸어내렸다.

사운평의 충고를 받아들여서 만약의 사태에 대비했다.

문서 중 천화궁을 떠올릴 수 있는 것은 모두 태워서 없앴다. 그 외 중요한 문서도 따로 정리해 놓았다.

고가의 물건 중 덩치가 큰 것은 대부분 처분하고, 크기가 작은 물품은 궁으로 미리 보냈다. 황금이나 은자는 휴대가 용이하도록 전표로 바꾸어 놓았고.

덕분에 장원을 출발하는 시간을 최소화시킬 수 있었다.

'그 친구에게 큰 신세를 졌군.'

남들은 모른다.

나승도, 심지어 곡추화도.

자신이 왜 사운평을 중하게 대하는지.

그가 용이 될지 미꾸라지가 될지는 알 수 없다. 그래도 분명한 것은 하나 있다.

바다를 뒤집어 놓든 웅덩이를 흐려 놓든, 혼돈의 중심에 설 운명을 타고난 사람이라는 것.

그리고 자신은 그가 용이 될 수 있다는 패에 승부를 걸었다.

'그 친구에게는 내가 모르는 뭔가가 있어.'

적어도 뱀장어는 되지 않을까?

백원양은 쓴웃음을 지으며 야트막한 언덕을 넘어갔다.

그때였다.

저만치 앞쪽, 숲 가장자리에 서 있는 사람이 보였다.

아름드리나무에 등을 기댄 채 짝다리를 짚고 삐딱하게 서 있는 청년, 사운평이었다.

선두를 달리던 청의 무사들이 사운평을 알아보고 백원양을 돌아다보았다.

어떻게 해야 할 것인지 묻는 표정.

"추화, 너는 무사들을 지휘해서 계속 달려라."

백원양은 곡추화에게 무사들을 맡기고 사운평에게 다가갔다.

'저 모습만 보면 영락없이 미꾸라지인데 말이야.'

"덕분에 무사히 빠져나왔네."

백원양은 일단 고마움부터 표했다.

천의산장 고수들이 낙양에 들어선 것을 몰랐다면 어떻게 되었을까?

생각만 해도 아찔했다.

"고객을 위해서 그 정도는 알려드려야죠."

사운평이 나무에서 등을 떼며 말했다.

"남은 청부 건 때문에 기다린 건가?"

"뭐 그 일도 있고……."

귀령자에 대한 청부가 남아 있다. 청부를 완수해도 돈을 받지 못하면 말짱 헛일만 한 셈이 되지 않겠는가.

"믿지 못하겠다면 선금으로 이백 냥을 더 주지."

"그렇게 해 주신다면야 고맙죠."

일단 주는 것은 받는 게 이익이다. 도망가다 죽으면 그것도 못 받을 테니까.

백원양은 가죽으로 된 주머니를 꺼내서 금자 백 냥짜리 전표 두 장을 꺼냈다.

"여기 있네."

사운평은 가볍게 전표를 낚아채고 자신이 기다린 본 목적을 말했다.

"새로운 계약 하나 하시죠?"

이 판국에 새로운 계약?

백원양은 어이가 없어서 눈만 깜박였다.

그래도 사운평이 헛소리를 하지 않는다는 걸 알기 때문에 안 한다는 말을 하진 않았다.

"무슨 계약을 한다는 건가? 설마 우리 대신 적을 막아주기라도 하겠다는 건 아니겠지?"

"비슷한 겁니다."

설마 했던 백원양은 사운평의 대답에 말문이 막혔다. 오죽하면 말로 먹고사는 사람이 말을 더듬겠는가?

"비, 비슷해?"

"저들의 추적을 직접 막아주진 못해도, 방향을 다른 곳으로 잠깐 돌려드릴 수는 있습니다. 에…… 목숨이 걸린 일이니 대가가 조금 비싸긴 합니다만."

백원양의 눈빛이 순간적으로 번뜩였다.

그래, 저 괴상한 친구라면 가능한 일일지도 모른다.

"얼만가?"

사운평이 오른손을 들어서 검지와 중지를 폈다.

"이백 냥."

"물론 금자겠지?"

"당연하죠."

금자 이백 냥이 이렇게 가벼운 금액이었던가?

백원양은 돈의 가치에 대해서 회의감마저 들었다.

그런데 더 어이없는 것은, 손해라는 생각이 들지 않는다는 점이었다.

"후우, 아예 날 거지로 만들려고 작정했군."

"엄살은 여전하시군요."

"금자 이백 냥이면 이백 명이 일 년을 지낼 수 있는 거액이네."

"그래도 천의산장에게 꼬리를 잡히는 것보단 이익이죠."

"백 냥이라면 하겠네."

"본 문의 방침 아시잖습니까? 받을 금액만 받는다는 거. 절대 과한 금액을 부르지 않는다는 거. 곧 그들이 올 겁니다. 결정하십쇼."

백원양도 상황을 모르지 않았다.

이제 곧 적이 몰려올 터. 흥정하고 자시고 할 시간이 없었다.

그래도 자존심이 있지, 한 번은 튕겨보았다.

"좋네. 단, 선금 백, 후불 백으로 하세."

"뭐, 그 정도는 제가 양보하죠."

사운평이 어깨를 으쓱하며 씩 웃었다.

많이 봐준다는 뜻처럼 느껴지는 웃음.

백원양은 더 말하지 않고 백 냥을 마저 꺼내서 건네주었다.

사실 동판을 얻은 것만으로도 그동안 사운평에게 지불한 돈은 충분한 값어치를 한 셈이었다.

그때 기분 좋게 전표를 챙긴 사운평이 제의했다.

"잔금 대신 장원을 주시면 어떻겠습니까?"

청부를 모두 이행할 경우 남은 액수는 금자 삼백 냥이다. 그 돈 대신 몇 배의 값어치가 나가는 백운장을 먹겠다?

도둑놈 맘보가 따로 없었다.

그러나 백원양은 흔쾌히 허락했다.

백운장이야 떠나올 때 이미 포기한 상태가 아닌가? 어쩌면 그 돈이라도 챙기는 게 나을지도 몰랐다.

"마음대로 하게. 매매증서는 한 달 안에 보내 주지. 어차피 우리도 갈원을 인수받아야 하니까 말이야."

"증서를 쓰실 때, 날짜를 한 달 전으로 해서 그럴듯하게 써주십쇼. 그래야 저도 천의산장에서 다그치면 할 말이 있으니까요."

사운평은 마지막까지 철저했다.

두 손 두 발 다 들었다는 듯 백원양이 허탈감마저 느껴지는 표정으로 고개를 끄덕였다.

"그러지."

"그럼 먼저 가보십쇼."

백원양이 멀어지자 숲 속에서 궁탁이 나왔다.

그는 진정으로 감탄한 표정이었다.

흥정에 대해서 영 소질이 없는 그로선 사운평이 정말 대단했다. 사기꾼처럼 느껴질 정도.

그래도 좋은 쪽으로 생각했다.

'이 친구 옆에만 있으면 굶어 죽진 않겠군.'

그때였다.

언덕 위에서 낙양 쪽을 감시하던 조연홍이 달려왔다.

"대형, 그들이 오고 있습니다."

"거리는?"

"오 리 정도 됩니다."

"그럼 곧 도착하겠군. 일단 안으로 들어가자."

숲 속으로 들어간 사운평은 겉옷을 벗어서 뒤집어 입었다.

특별히 맞춘 옷으로 안쪽과 바깥쪽의 색이 달랐다. 형태도 조금 달랐고.

옷을 뒤집어 입은 그는 품속에서 구리로 된 작은 병을 꺼냈다.

나무로 된 병마개를 뺀 그는 손가락으로 걸쭉한 갈색 액체를 찍어서 얼굴에 바른 후 손가락으로 문질렀다.

갈색 액체를 얼굴과 목, 손에 골고루 바른 그는 손톱으로 얼굴을 긁었다.

점점 얼굴이 달라졌다.

햇볕에 탄 것처럼 갈색으로 변색된 안색. 이마와 눈 가장자리, 볼에 가득한 잔주름. 거기다 머리카락마저 손보고, 입 안 양쪽에 잇몸처럼 생긴 작은 보형물을 집어넣자 완전히 딴사람이 되었다.

"어때?"

"길 가다 만나면 저도 모르겠는데요?"

사운평이 역용하는 걸 두어 번 본 적이 있는 조연홍은 이제 놀랍지
도 않았다.

하지만 궁탁은 처음 보는 터라 눈이 휘둥그레졌다.

"정말 굉장한 역용이군."

"이 정도에 놀라시긴. 연홍, 이 칼을 갖고 있어."

사운평은 칼을 조연홍에게 건네주는 것으로 자신을 완전히 지웠다.

"아참, 궁 형도 얼굴을 내밀어 보쇼. 혹시 모르니 살짝 바꿉시다."

*　　*　　*

자존심이 상할 대로 상한 염치상은 이를 갈면서 선두를 달렸다.

성을 나선 후 이십 리를 지나면서부터 적의 흔적이 미미해졌다. 시
간이 갈수록 도주하는 자들을 봤다는 목격자를 찾는 것도 쉽지 않았
다.

'빌어먹을 놈들. 장원을 내팽개치고 도망치다니.'

마음이 조급해졌다. 이대로 흔적을 놓치면 추적이 실패로 돌아갈지
몰랐다.

'배를 타면 추적이 더욱 어려워진다. 황하를 건너기 전에 꼬리를
잡아야 해!'

언덕을 넘어간 그는 여전히 선두에서 달리며 독수리처럼 눈을 번뜩
였다.

그가 숲 가장자리로 난 길을 따라서 구비를 돌아갔을 때였다. 백여
장 앞에 길이 갈라지는 곳이 있었는데, 그곳에서 이십여 장 떨어진 냇

가에 한 사람이 앉아 있었다.

한동안 마주친 사람이 없어서 적의 행적을 확인하지 못했던 그에게는 반가운 손님이었다.

사운평은 날듯이 달려오는 천의산장 고수들을 보고 몸을 일으켰다.

어깨를 구부정하게 숙인 그는 보란 듯이 엉거주춤한 자세로 돌아섰다.

그가 돌아서는 걸 보고 염치상이 소리쳤다.

"잠깐 멈춰라!"

잠깐 사이에 염치상과 천의산장 고수들이 사운평 앞에 하나둘 도착했다.

"무, 무슨 일입니까?"

사운평이 겁에 질린 듯 어눌한 목소리로 물었다.

"물어볼 게 있다. 사실대로 말해 주면 은자 열 냥을 주마."

사운평이 눈을 크게 떴다. 은자가 탐난 것처럼. ―사실 '이게 웬 떡이냐?' 는 마음이었다.

"그, 그게 정말입니까요?"

"그렇다."

"뭐든 물어보십쇼. 아는 거라면 다 말씀드리겠습니다."

"언제부터 여기에 있었느냐?"

"이각 가까이 되었습니다요. 잠깐 쉬고 이제 막 가려던 참입죠."

이각이면 그들을 봤을 수도 있다.

질문을 하는 염치상의 목소리에 힘이 실렸다.

“대부분 청의를 입은 무사 수십 명이 지나가는 것을 보지 못했느
냐?”

“무사 수십 명요?”

“그렇다. 그들은 도주를 하는 중이어서 무척 다급하게 이동하고 있
었을 거다.”

“아! 저쪽으로 달려간 사람들을 말씀하시는가 보군요.”

사운평이 밝은 표정을 지으며, 길이 갈라진 곳에서 북쪽을 가리켰
다.

“그자들이 북쪽으로 갔다고?”

“예, 어르신. 한 삼십 명쯤 되나? 말씀하신 대로 청의를 입은 무사
들이 많았습죠.”

“그들이 지나간 지 얼마나 되었느냐?”

“아마 일각 정도 될 겁니다요.”

“그래?”

염치상은 사운평의 눈빛에서 수상한 점을 찾지 못하자 몸을 돌렸
다.

“쫓아갑시다. 일각 차이라면 황하에 도착하기 전에 잡을 수 있을
거요.”

“저기, 돈은……?”

염치상이 품속에서 엄지손가락만 한 은괴를 꺼내서 던져주었다.

사운평이 은괴를 받고 넙죽 허리를 숙였다.

“고맙습니다요.”

그때였다.

천의산장 고수들 중에서 오십 대 초반으로 보이는 자가 날카로운 눈빛을 번뜩이며 물었다.

"너는 어디서 왔느냐?"

"정주에서 왔습죠."

"정주? 그럼 이가장을 잘 알겠구나?"

"승정로의 이가장이라면 잘 알죠. 한때는 이가장 무사가 되어 볼 생각도 있었으니까요."

질문을 던진 자는 장로인 적산신검(赤山神劍) 곽문이었다. 그는 혹시 몰라서 사운평을 떠보았다.

그런데 사운평이 이가장의 위치를 정확히 맞추자 더 이상 묻지 않았다.

"모두 가세."

금우경도 별다른 의심을 하지 않고 몸을 돌렸다.

그때 숲 속에서 궁탁이 걸어 나왔다.

'뭐, 뭐야? 왜 나오는 거지?'

사운평은 최대한 조심하며 천의산장 고수들의 표정을 살펴보았다.

천의산장 고수들도 궁탁을 발견하고 멈칫했다.

그들 중 하나가 삼 장 거리까지 다가온 궁탁을 살펴보더니 놀란 표정을 지었다.

"굉장한 주먹이군."

경악이 깃든 목소리.

그자의 말투에 몇 사람이 궁탁의 손을 바라보았다.

그 말을 한 자는 수공에 있어서 대단한 위명을 지닌 사람이었다. 그가 놀랐을 때는 그만한 이유가 있지 않겠는가?

아니나 다를까 궁탁의 주먹은 특별했다.

"허어, 정말 대단한 주먹인데?"

"수련을 무척 험하게 했나 보군."

천의산장 고수들이 경탄과 경계심이 복합된 표정으로 궁탁을 주시했다.

그때 처음에 말한 자가 곤혹한 눈빛으로 궁탁을 응시했다.

"나는 그와 비슷한 손을 가진 사람을 알고 있다. 너는 혹시 호경산이라는 사람을 아느냐?"

사운평은 상황이 이상하게 돌아가자 궁탁에게 전음을 보냈다.

『궁 형, 모른 척하고 대충 물러서요.』

그러나 궁탁은 물러서지 않고 싸늘한 목소리로 나직이 말했다.

"당신이 말한 분은 내 선사요."

"선사? 그럼 호경산이 죽었단 말이냐?"

"그렇소. 오 년 전에 돌아가셨소."

"참 대단한 친구였는데, 너무 일찍 갔군."

"귀하는 혹시 양천일수 여 대협이 아니오?"

"맞다, 내가 여무량이다."

그제야 사정을 알게 된 사운평은 한숨이 나올 뻔했다.

하필이면 여무량이 이 자리에 나타나다니.

궁탁이 숲 속에서 밖을 지켜보다 그를 알아본 듯했다.

그도 궁탁 만큼은 아니지만 손이 일반 사람과는 많이 달랐다. 울퉁불퉁해서 무쇠처럼 단단하게 느껴지는 커다란 손이 어찌 흔할까.

"선사께선 당신과 마무리 짓지 못한 승부를 나에게 맡기셨소."

무뚝뚝한 표정으로 그 말을 한 궁탁이 다시 걸음을 옮겼다.

마치 당장 싸우기라도 할 것 같은 표정.

그런데 마음이 급한 금우경이 눈살을 찌푸리며 말했다.

"여 아우, 그와의 다툼은 나중으로 미루게. 당장은 백운장 놈들을 쫓는 게 먼저니까."

여무량도 이 자리에서 호경산의 제자와 싸우고 싶지 않았다.

"내 피하지 않을 것이니, 그 대결은 한 달 후로 미루자."

사운평이 기회를 놓치지 않고 슬그머니 끼어들었다.

"그럼 저는 이만 가보겠습니다요."

그러고는 몸을 돌려서 그 자리를 벗어났다.

궁탁도 상황을 모를 만큼 둔하지는 않았다.

여무량의 주먹을 보고 숲에서 무심코 나오긴 했지만 후회하고 있던 참이었다.

기운마저 누른 채 숨어 있으라고 했거늘.

"그 말씀, 잊지 마시오."

궁탁은 무뚝뚝하게 말하고 몸을 돌렸다.

다행히 마음이 급한 천의산장 무사들은 더 이상 그를 붙잡지 않고 북쪽 길로 방향을 틀어서 빠르게 걸음을 옮겼다.

등초력도 그들과 함께 움직였다.

그런데 이십여 걸음 빠르게 나아가던 그가 멈칫하더니 고개를 돌려서 사운평과 궁탁 쪽을 바라보았다.

궁탁은 다시 숲 속으로 들어가고, 사운평은 길을 따라서 종종걸음을 옮기고 있었다.

'왜 이리 찜찜하지?'

뭔가를 놓친 것 같은데 바로 떠오르지 않았다.

'제길, 왜 저리 쳐다봐? 불안하게.'

사운평은 등초력이 자신 쪽을 바라본다는 걸 알고 조마조마했다.

등에 바늘이 박히는 기분.

그래도 다행히 자신의 정체를 눈치채진 못한 듯했다.

'돈 벌기가 쉬운 일은 아니라니까.'

그는 천의산장 고수들이 완전히 사라진 후에야 숲 쪽으로 방향을 틀어서 조연홍과 궁탁을 만났다.

"미안하네."

궁탁이 먼저 자신의 성급한 행동에 대해서 사과했다.

사운평은 대범하게 웃는 표정을 지었다. 이미 지나간 일, 따지고 야단쳐봐야 떠나면 자신만 손해니까.

"괜찮습니다. 하, 하. 어쨌든 저들이 의심하지 않았으니 된 거죠 뭐. 대신 다음부터는 조심해 주십쇼."

"알겠네."

등초력이 찜찜한 느낌의 정체를 깨달은 것은 오 리쯤 달렸을 때였다.

'맞아, 그자의 뒷모습이 꼭 그놈을 닮았어.'

그리고 다시 반각쯤 지났을 때, 선두의 염치상 입에서 욕설이 터져 나왔다.

"그 교활한 개자식에게 속았어!"

마침 북쪽에서 내려오는 자를 두 사람이나 만나서 물어봤는데, 그들은 무사들을 보지 못했다는 것이었다.

등초력은 그 말을 듣고 이를 악물었다. 입술과 움켜쥔 주먹이 파르르 떨렸다.

'그, 그럼 그놈이 정말로……?'

＊　　　＊　　　＊

천해장으로 돌아간 사운평은 전표를 탁자 위에 놓고 목에 잔뜩 힘을 주었다.

"한 건 했어."

천의산장 고수들도 지금쯤은 자신에게 속은 걸 알게 되었을 것이다.

머리가 폭발할 것처럼 화가 나겠지?

그러나 강호는 어차피 외나무다리다.

승자가 있으면 패자가 있는 법.

자신은 속였고, 그들은 속았을 뿐이다.

속은 놈이 바보지.

"천의산장에서 문주님을 찾아 나설 거예요."

초혜가 걱정스러운 표정으로 말했다. 많은 돈을 벌어온 것은 좋지만 그만큼 위험도 커졌다.

그녀는 사운평이 일을 너무 자주 벌이는 것 같아서 걱정되었다.

"상관없어. 그들은 엉뚱한 사람을 봤으니까."

사운평이 자신만만하게 말했다.

낙양으로 들어오기 전에 역용을 지웠다. 이제 그들이 만났던 사람은 이 세상에 없었다.

물론 문제가 전혀 없는 것은 아니었다.

궁탁의 정체가 드러났으니까. 그놈의 멋진 주먹 때문에.

사운평은 그 문제를 해결하기 위해서 궁탁에게 선물을 하나 하기로 했다.

다행히 얼굴은 역용을 했기 때문에 손만 감추면 될 듯했다.

"초혜야, 만구점에 가죽으로 된 장갑 있어?"

"장갑요?"

"어. 궁 형의 손에 맞을 만한 걸로."

초혜가 곰 발바닥 같은 궁탁의 손을 보더니 생각할 것도 없다는 듯 고개를 저었다.

"저렇게 큰 손에 맞는 장갑은 없어요. 제가 하나 만들어드릴게요."

"좋아, 그럼 네가 만들어 봐. 그리고 장안에서는 아직 연락 없어?"

"없어요."

"예상보다 늦군."

일단 갈원이 천도맹에 있는지부터 확인해 보라고 했다.

며칠이면 될 거라 생각했다.

별일만 없다면 어제오늘 사이에 연락이 왔어야 하는데…….

"여기서 장안까지 거리가 얼만데요? 조금 더 기다려 봐요. 소식을 전하려던 사람이 늦을 수도 있잖아요."

초혜가 눈을 흘기며 말했다.

그 말도 일리가 있었다.

'사흘만 더 기다려볼까?'

마침 그 정도 시간이면 자신이 고민하던 일을 하나 처리할 수 있을 듯했다.

그날 밤, 사운평은 등잔불 아래에서 품속 깊숙이 넣어 두었던 가죽 주머니를 꺼냈다.

지금 그 안에는 진주 두 알과 전표가 들어 있었다. 인생을 바꿀 수 있는 거금이.

하지만 그의 신경은 온통 가죽 주머니에만 쏠려 있었다.

'이청산이 정말 양천을 시켜서 소화루를 불태우고 도도 누나를 죽였을까?'

지금까지의 상황을 돌이켜보면 그럴 가능성이 컸다. 양천이 스스로 나서지 않은 이상은.

아니 양천이 스스로 나섰다고 말한다 해도 이청산의 가죽 주머니는 어떻게 설명할 것인가?

사운평은 두 손으로 머리를 감싸고 가죽 주머니를 노려보았다.

이청산이 정말로 청부를 했다면 어떻게 해야 할까?

이청산을 죽여? 연연이의 아버지를?

그는 몸이 굳어버린 듯 그 자세로 한참 동안 꼼짝하지 않았다.

밖에서 밤 부엉이 우는 소리가 들렸다. 늦가을 바람이 제법 세차게 불면서 창문을 흔들어댔다.

마치 결정을 내리라고 재촉하는 듯했다. 깊게 생각할 게 뭐있냐며 다그치는 것만 같았다.

어느 순간, 사운평의 눈빛이 잘게 떨렸다.

'연연아, 미안하다. 나는 도도 누나의 원수와 이 땅에서 함께 숨을 쉴 수 없어.'

그는 탁자 위의 가죽 주머니를 지그시 움켜쥐고 품속에 넣었다.

어느새 눈빛이 차갑게 가라앉아 있었다.

자리에서 일어난 그는 한쪽에 풀어놓았던 칼을 옆구리에 찼다. 그리고 방을 나섰다.

결심이 선 이상 더 망설일 것 없었다.

"어디 가시려고요?"

조연홍이 어딜 다녀오는지 정원을 가로지르다가 그를 보고 물었다.

"다녀올 데가 있어. 근데 너는 왜 야밤에 어슬렁거려?"

"그냥…… 밤공기가 좋아서요."

'자식, 누가 도둑 아니랄까 봐.'

그때 언뜻 언소소의 방에 아직도 불이 켜져 있는 게 보였다.

"소소하고 놀다 온 거야?"

"노, 놀은 게 아니고, 언 소저가 물어볼 것이 있다고 해서……."

"아침에 물어보면 되지, 꼭 밤에 물어봐야 할 건 또 뭐 있어? 설마 너……."

"예? 제, 제가 뭘요? 저 아무 짓도 안 했어요."

근데 왜 입술을 떨어?

사운평은 수상하게 느껴졌지만 오늘은 그냥 넘어가기로 했다.

“그래, 내가 동생을 못 믿으면 누굴 믿겠냐. 아마 지금 가면 이틀은 꼬박 걸릴 것 같다. 모레까지는 올 거니까, 다녀올 동안 궁 형하고 이 곳을 잘 지켜라. 수련도 열심히 하고.”

“예, 대형.”

조연홍이 환한 표정으로 대답했다. 함께 가자고 하지 않는 것만 해도 어딘가?

第八章

잘못의 무게

소삼이 만수산의 계곡 깊숙한 곳에 있는 통나무집을 찾은 것은 낙양을 출발한 지 나흘째 되던 날이었다.

그는 통나무집을 이십여 장 앞두고 멈춰 서서 바짝 긴장했다.

산속 깊은 곳에 사는 거대한 곰처럼 생긴 사내가 숲에서 불쑥 튀어 나오더니 길을 가로막고 서 있었다.

"누군데 여기까지 온 거지?"

목소리도 곰처럼 우렁우렁했다. 두 눈은 호랑이 눈처럼 부리부리했고.

"저, 저는 낙양에 사는 소삼이라고 합죠. 부탁을 받고 이연연이라는 소저를 찾아왔습니다요."

"연연이를? 왜?"

"서찰을 전해 주라고 해서……."

"누가 우리 연연이에게 서찰을 보내?"

"사운평이라는 분이……."

소삼이 재빨리 서찰이 든 봉투를 꺼내서 내밀었다. 이연연을 친근하게 부르는 걸 보니 잘 아는 사이 같았다.

눈을 껌벅이던 사내, 호우가 서찰을 받아 들고 머리를 긁적였다. 그는 글을 알지 못했다.

"그럼 저는 이만 가보겠습니다요."

눈치를 보던 소삼은 호우가 별다른 말이 없자 몸을 돌리고 계곡 아래로 달리듯 내려갔다.

호우에게 서신을 건네받은 이연연은 눈이 동그래졌다.

"정말 사운평이란 분이 이걸 보냈단 말이에요?"

"어. 소삼이라는 사람이 그랬어."

가슴이 쿵쾅거리며 터질 것처럼 뛰었다.

자신이 이곳에 있는 걸 어떻게 알고 서신을 보낸 걸까? 혹시 강호에 나간 할아버지가 그분을 만난 것은 아닐까?

아니, 그 문제는 나중에 생각해도 되었다. 지금은 숨조차 제대로 쉬어지지 않는 가슴부터 진정시켜야 했다.

이연연은 급히 서신 봉투의 봉인을 뜯고 서찰을 꺼냈다.

서찰은 달랑 한 장뿐이었다. 글자도 많지 않았다.

서찰을 읽어가던 그녀의 입이 반쯤 벌어졌다.

간간이 검게 칠해서 지워진 곳이 있긴 해도 읽는 데는 아무런 지장이 없었다.

[연연아. 나야, 사운평. 잘 지내지? 좋아하는 남자 때문에 도망쳤다며? 그 사람 찾으면 행복하게 잘 살고…… 에…… 또…… 혹시라도 그 사람이 싫어지거나, 주호정처럼 죽으면 언제든 나를 찾아와. 내가 이제 제법 부자가 되었거든. 집도 괜찮은 걸 샀고. 너 하나 먹여 살릴 수 있을 정도는…… 뭐 싫으면 오지 않아도 되는데…… 부담 주지 않을 테니 그냥 오빠처럼 생각하고…….]

놀라움과 두근거림도 잠깐.

"풋, 푸하하하. 아이고 배야. 호호호홋."

이연연의 연붉은 입술 사이로 박장대소가 절로 터져 나왔다.

사운평의 생각을 짐작한 그녀는 눈물이 나올 정도로 어이가 없었다.

한편으로는 야속한 마음도 들었고.

누구 때문에 도망쳤는데!

행복하게 잘 살라고? 싫어지거나 죽으면 뭐가 어째?

자신이 다른 누군가를 좋아해서 도망친 줄 아나 보다.

자신의 마음을 그렇게도 모르다니.

'쳇! 나는 불효까지 저지르며 자기만 생각했는데…….'

그래도 사운평의 마음을 엿본 것 같아서 야속한 마음이 곧 풀어졌다. 비록 두서가 없는 데다 내용도 이상야릇한 곳이 많았지만, 한 가지만은 분명했다.

자신을 좋아한다는 것.

'하여간 바보 같아.'

하긴 운해곡에서 지낼 때도 가끔 바보 같은 모습을 보이곤 했었다.

생각해 보면 그때만큼 마음이 편했던 적이 없었던 것 같았다.

이연연은 곧잘 허둥대던 그의 모습이 떠오르자 피식 웃었다. 두 눈에 자신도 모르는 사이 물기가 맺혔다.

'보고 싶어요, 사 공자. 아니…… 운평 오빠.'

사운평의 말대로 '오빠'처럼 생각하는 것도 괜찮을 듯했다. '사 공자'라고 부르는 것보다 훨씬 어감이 좋았다.

옆에서 눈만 말똥거리며 쳐다보던 호우는 이연연의 반응을 이해할 수 없었다.

웃다가, 화를 내는 듯하다가, 이제는 눈물마저 맺혀 있었다.

도대체 저 서찰에 뭐라고 적혀 있는 걸까?

"누가 보낸 거야? 뭐가 적혀 있는데 웃다가 울어?"

이연연이 소매로 눈물을 찍어내고 빙그레 웃었다.

"어떤 바보 같은 사람이 있는데요, 연연이를 좋아하나 봐요."

"에이, 그럼 바보가 아니네. 예쁜 우리 연연이를 싫어하는 사람이 바보지?"

"호우 아저씨, 이걸 가져온 사람이 낙양에 산다고 했죠?"

"어."

그렇다면 사운평도 낙양에 살 가능성이 컸다. 괜찮은 집을 샀다고 했으니 바로 떠나지도 않을 것이고.

마음 같아선 당장 찾아 나서고 싶지만 아직은 그럴 수가 없다. 천의산장과 검천성이 자신을 찾고 있을 테니까.

그들의 관심이 자신에게서 멀어질 때까지 기다려야 한다.

일단은 사운평이 자신의 거처를 알고 있다는 것만으로 만족하는 수밖에.

'조금만 기다려요. 제가 곧 찾아갈게요.'

*   *   *

구광은 장안에 도착하자 이 년 전에 헤어진 친구를 찾아갔다.

그 친구의 이름은 양사충. 장안의 서쪽 뒷골목을 장악하고 있는 흑도문파, 혈응방(血鷹幇)의 중간 간부였다.

구광보다 두 살 많은 그는 장안의 마당발로 알려져 있었다.

그가 모르는 것은 남들도 모르고, 남들이 아는 것은 그도 안다고 했다.

장안에 귀령자 갈원이 있다면, 귀령자가 천도맹과 연관이 있다면 그가 알고 있지 않겠는가.

양사충이 사는 곳은 청난루라는 이름을 가진 평범한 주루였다.

그러나 겉으로만 평범해 보일 뿐, 그곳이 바로 혈응방의 삼당 중 혈귀당의 본거지였다. 그리고 양사충이 혈귀당의 당주였다.

"양사충, 양 형을 만나러 왔네. 난주에서 함께 했던 구광이 찾아왔다고 하면 아실 거네."

얼굴만으로 따지면 절정 고수도 두렵지 않은 구광이 대뜸 양사충을 찾자, 흑도 건달들도 함부로 목에 힘을 주지 못했다.

"잠시만 기다리쇼."

눈치를 살피던 점소이 하나가 안으로 들어갔다. 얼마 지나지 않아서 한 사람이 성큼성큼 걸어 나왔다.

그자는 두 팔 벌려서 구광을 반겼다.

"어이구! 이게 누구야? 구광이 아닌가?"

"오랜만이네. 잘 지냈지?"

"하하하하, 나야 잘 지냈지. 그런데 장안에는 어쩐 일인가?"

"알아볼 것이 있어서 왔는데, 장안이 가까워지니 자네부터 생각나더군."

"잘 왔네. 저 젊은 친구들은 누군가?"

"이번 일 때문에 함께 온 사람들이네. 인사하게, 내 친구인 양 형이네."

꿰다 놓은 보릿자루처럼 서 있던 위지강과 임풍은 그 말이 떨어진 후에야 가볍게 포권을 취했다.

"소강이라 하오."

"임풍입니다."

"양사충이네. 구광의 일행이라면 곧 내 친구나 마찬가지네. 그리들 앉으시게."

얼굴 생김새는 구광에게 뒤지지 않을 정도로 험악했다. 거기다 깊은 칼자국까지 있어서 천생 흑도인으로 살아가야 할 팔자였다.

그러나 웃는 모습이나 말투는 호걸이 따로 없었다.

임풍과 위지강은 장안까지 오면서 만났던 몇몇 정파 무사들을 대할 때보다 마음이 더 편해졌다.

예의 바른 행동에 배어 있던 그들의 오만함에는 거부감만 일었거늘.

'확실히 사람은 인상만 갖고 판단하면 안 된다니까.'

'얼굴 하나는 은명곡의 나찰마혼과 쌍벽을 이루겠군.'

구광이 본론을 꺼낸 것은 차 한 잔이 비워진 후였다.

"양 형, 갈원이라는 이름 알지?"

"갈원? 글쎄. 어디서 들어본 이름 같긴 한데……."

"별호가 귀령자야. 설마 장안의 마당발인 양 형이 그자를 모를 리는 없을 텐데?"

"귀령자 갈원?"

"맞아. 기관과 기문진에 박식한 자시. 한때는 꽤 유명했다고 하더군. 듣기로는 천도맹과 관련이 있다고 하던데."

"흠, 그 말을 들으니 생각나는군. 맞아, 그런 자가 있었지."

"지금도 천도맹에 있나?"

"그건 잘 모르겠군."

"한번 알아봐 주게. 그가 그곳에 있는지만 알아보면 되네."

"그 정도라면 어려울 것은 없을 것 같군."

"고맙네."

"고맙긴. 하하하하. 그러고 보니 구광 자네, 말솜씨가 많이 늘었군."

"그, 그런가?"

"전에는 무척 무뚝뚝했는데 말이야. 사람과도 잘 어울리지 않았고. 마치 들판을 홀로 쏘다니는 늑대 같았지."

"양 형도 참……."

"잊었나? 내가 자네를 독랑(獨狼)이라고 불렀던 거."

"내가 어찌 잊겠나? 자네가 사람들 앞에서 그렇게 부르는 바람에 감숙의 진짜 혈독랑에게 하마터면 죽을 뻔한 적도 있는데."

"하하하하, 그땐 정말 재수가 없었지. 혈독랑이 그 근처에 있는 줄 내가 어찌 알았겠나?"

양사충이 한바탕 대소를 터트렸다. 그러고는 웃음기 띤 눈으로 구광을 바라보며 물었다.

"그런데 독랑이 드디어 문파에 들어갔나 보군. 맞지?"

구광은 그 질문에 쓴웃음을 지었다.

천해문도 문파는 문파였다. 비록 청부업이나 하는 문파지만.

"그런 셈이지."

"어느 문파인가?"

"천해문이네."

"천해문? 그런 곳도 있었나?"

"이제 생긴 지 얼마 되지 않았네."

"어쩐지 처음 들어본다 했지. 좌우간 한 곳에 자리 잡았다니 잘된 일이군. 혼인은 했고?"

"아직 안 했네."

"저런. 더 늦기 전에 혼인할 여자부터 찾아봐야겠군. 내가 찾아줄까?"

"하하하, 말만으로도 고맙네."

화기애애한 대화는 일각가량 이어졌다.

곁에서 지켜보는 위지강과 임풍은 끼어들 틈도 없었다. 그래도 지루한 표정은 아니었다.

듣고만 있어도 두 사람의 진득한 우정이 느껴졌다. 자신에게도 저런 친구 하나쯤 있으면 좋겠다는 생각이 절로 들 정도.

그런데 웃음소리가 방 안을 울릴 때였다. 밖에서 급박한 발걸음 소리가 들리더니 장한 하나가 다급한 표정으로 들어왔다.

"양 대형, 구평로에서 큰 싸움이 벌어졌습니다!"

멈칫한 양사충의 얼굴에서 웃음기가 사라졌다.

구평로는 양사충이 관리하는 구역이었다. 사실 그곳에서 싸움이 벌어지는 거야 크게 걱정할 일이 아니었다. 싸움은 하루에도 몇 번씩 벌어지니까.

문제는 자신의 왼팔인 당소걸이 달려와서 보고했다는 것이다.

독한 걸로 따지면 자신만 못하지 않은 그가 감당하지 못할 정도라면 허투루 지나칠 일이 아니었다.

"어떤 놈들이냐?"

"천도맹 무사들이 정체를 알 수 없는 자들과 붙었습니다."

"뭐? 어떤 미친놈들이 천도맹과 싸운단 말이냐? 죽으려고 환장한 놈들이군."

"저, 그런데 천도맹 무사들이 깨졌습니다."

"뭐야?"

"숫자는 천도맹 무사들이 많았는데도 형편없이 박살났습니다."

“이런, 빌어먹을. 천도맹 무사들이 깨졌다면 일이 더 커지겠군.”

섬서의 맹주를 자처하는 천도맹이다. 비록 수하들의 싸움이긴 하나 자존심이 상해서라도 가만있지 않을 것이다.

양사충은 자리를 박차고 일어났다.

“안 되겠군. 내가 직접 가서 상황을 알아봐야겠어. 소걸, 정체를 알 수 없다는 놈들은 지금 어디 있지?”

“청난루로 들어갔습니다. 모두 스무 명쯤 되는데, 똑같이 짙은 회색 무복을 입고 있습니다.”

“빌어먹을 놈들. 왜 안 가고 거기서 지랄이야?”

짜증을 내듯이 소리를 내지른 양사충이 구광을 돌아다보았다.

“구광, 회포는 나중에 풀어야겠네. 앞에 있는 객잔에서 쉬고 있게.”

그때 위지강이 불쑥 물었다.

“혹시 그들이 사용하는 검의 폭이 무척 좁지 않소?”

당소걸이 잠시 생각하더니 고개를 끄덕였다.

“그렇소. 십여 명이 검을 사용했는데 두 치를 넘진 않을 것 같았소.”

위지강의 표정이 굳어졌다.

그 모습을 본 임풍이 넌지시 물었다.

“아는 자들이오?”

“아무래도 그곳에서 나온 자들 같네.”

“그곳? 그곳이라면 혹시 은명곡……?”

“천의산장이 움직이니까 그들도 나온 거 같아.”

장안을 중원 진출의 교두보로 삼겠다는 건가?

충분히 가능한 일이다.

위지강의 차갑게 가라앉은 눈빛이 순간적으로 흔들렸다. 하지만 곧 언제 그랬냐는 듯 원상태로 돌아갔다.

“그자들을 아는가?”

양사충이 의아한 표정으로 물었다.

“아직 확실치는 않소. 다만 그들이 내가 생각하는 자들이라면, 귀하는 천도맹과 그들의 싸움에 절대로 끼어들어선 안 되오.”

“그렇게 무서운 자들인가?”

“어느 쪽이 이기는지 내기를 한다면, 나는 그들에게 돈을 걸 거요.”

양사충이 입을 반쯤 벌렸다.

구광이 그 모습을 보고 사신의 생각을 말했다.

“일단 멀리서 지켜보기만 하는 게 좋을 것 같군. 어떻게 할 것인지는 돌아가는 상황을 보고 판단해도 늦지 않을 것 같아.”

상흔이 깊은 얼굴을 씰룩이던 양사충이 무겁게 고개를 끄덕였다.

“이 친구의 말이 사실이라면 그렇게 해야겠지. 알았네. 일단은 자네들의 판단을 믿어보지.”

＊　　　＊　　　＊

태양이 서산으로 떨어질 무렵, 역용을 해서 얼굴을 바꾸고 정주에 들어선 사운평은 소화루가 있던 자리에 가보았다.

누군가가 그 땅에 새로운 건물을 짓고 있었다.

이렇게 추억마저 사라지는 건가?

쓸쓸한 표정으로 한참 동안 그곳을 바라보던 그는 몸을 돌렸다. 보고 있으면 가슴만 더 아팠다.

터벅터벅 걸어서 정주를 가로지른 사운평은 이가장에서 멀지 않은 곳에 있는 객잔의 이 층으로 올라갔다.

창문 밖을 바라보니 저 멀리 이가장의 정문이 보였다.

어느덧 해가 지고 있었다. 밤이 되면 이청산을 만나러 갈 생각이었다.

그는 뭐라고 할까?

만약 자신이 한 일이 아니라고 하면 어떻게 하지?

그의 말을 믿어야 돼?

답답해진 사운평은 앞에 놓인 찻잔을 들어서 단숨에 들이켰다.

사운평이 식사를 마쳤을 즈음, 마침내 어둠이 세상을 뒤덮었다.

그때 두 사람이 이 층으로 올라왔다.

일남일녀. 챙이 큰 죽립을 쓰고 있는 두 사람의 어깨 위로 눈부시도록 하얀 검병이 삐죽 솟아 있었다.

사운평은 그들을 본 순간 가슴이 서늘하게 식었다.

뚜렷한 이유가 있어서 그런 것이 아니었다. 그냥 자신도 모르게 서늘한 느낌이 들었다.

'뭐지?'

사운평이 바라보는 사이 두 남녀는 객잔을 가로질렀다. 그리고 사운평의 옆자리에 앉았다.

두 남녀 중 남자가 고개를 돌려서 사운평을 바라보았다.

죽립 아래, 그림자 진 곳에서 한광이 번뜩였다.

'으스스한 눈빛이군.'

이번에는 여자가 고개를 돌렸다. 순간적으로 사운평과 그녀의 눈빛이 마주쳤다.

사운평은 자신도 모르게 어깨를 부르르 떨었다.

마치 얼음 구덩이에 빠진 기분이었다. 그녀의 눈빛에 비하면 남자의 눈빛은 따사롭다는 생각이 들 정도였다.

두 남녀는 바로 고개를 돌리고 죽립을 벗었다.

등잔 불빛이 두 사람의 얼굴을 비췄다.

언제 그랬냐는 듯, 두 남녀의 눈에서 더 이상 살 떨리는 눈빛이 느껴지지 않았다.

사운평은 두 남녀에게서 눈을 떼지 못했다.

이번에는 눈빛 때문이 아니었다.

'겁나게 잘 생겼네.'

남자는 같은 남자인 자신이 봐도 감탄이 절로 나올 정도로 미남이었다.

여자도 눈이 휘둥그레질 정도로 아름다웠다.

이목구비도 뚜렷하고, 하얀 피부는 광채가 나는 듯했다. 최소한 얼굴만큼은 이연연보다 예뻤다.

하지만 그뿐이었다. 두 사람의 얼굴에서는 아무런 감정도 느껴지지 않았다.

얼음에 얼굴을 조각한 듯 무미건조한 표정.

‘얼굴만 예쁘지, 연연이보다 못하군. 성격도 차갑게 생겼어.’

이연연을 떠올리자 또 어깨가 축 처졌다.

‘미안하지만 어쩔 수 없어, 연연아.’

그때 옆자리의 청년이 그에게 말을 걸었다.

“하나 물어보자.”

사운평은 그자를 향해 고개를 돌렸다.

이제 이십 대 중후반 정도? 대충 봐도 자신보다 대여섯 살 정도 많을 듯했다.

그렇다고 해서 대뜸 반말하는 사람을 존대해 주고 싶진 않았다.

“뭔데?”

청년은 바로 말을 하지 못했다. 설마 그렇게 까칠한 투로 답할 줄은 생각도 못 한 듯했다.

대신 여인이 말했다.

“우문호라는 이름을 알아?”

“우문호?”

사운평이 이름을 되뇌며 고개를 갸웃거렸다.

어디선가 들어본 이름 같았다.

오래지 않아 그 이름이 기억 속에서 튀어나왔다.

“아, 우문호?”

삼음검(三陰劍) 우문호.

이가장 청부를 받았을 때 그의 이름을 들었다. 그의 기억이 정확하다면 우문호는 이가장의 장로 중 하나다.

“아는가 보군.”

“이름은 들어봤지. 어디 사는지도 알고. 지금도 그곳에 살고 있는지는 알 수 없지만.”

“어디지?”

사운평은 담담한 눈으로 여인을 바라보았다. 그때부터는 직업 본능이 발동되었다.

“은자 열 냥.”

“……?”

“세상에 공짜는 없는 법이야. 싫으면 다른 사람에게 물어봐.”

여인이 사운평을 빤히 쳐다보았다.

겉으로는 무표정했지만 속으로는 놀라움을 금치 못했다.

자신의 눈빛과 정면으로 마주치고도 저런 담담한 표정이라니.

그녀는 그것만으로도 사운평을 인정했다.

“좋아. 주지.”

“설매.”

청년이 그녀를 말렸다.

두 사람은 먼 길을 오느라 대부분의 경비를 소모했다. 겨우 위치를 알기 위해서 현재 가진 경비의 절반이 넘는 돈을 준다는 것은 지나친 낭비였다.

그러나 여인은 생각이 달랐다.

지난 닷새 동안 우문호의 위치를 알아내지 못했다. 어차피 시간을 끌어봐야 경비만 축날 뿐. 그럴 바에는 많은 돈을 주고서라도 시간을 아끼는 게 나았다.

“그는 어디에 있지?”

그녀의 질문에 사운평은 손을 내밀었다.

선금으로 줘. 그런 뜻.

여인은 품속에서 은자를 꺼내더니 탁자 위에 올려놓았다.

사운평의 손과 은자의 거리는 석 자. 여인의 손과 은자는 한 자 거리였다.

“말하고 가져가.”

“그는 이가장에 있다. 장로 중 한 사람이지.”

사운평이 대답을 하면서 옆 탁자 위에 있는 은자를 잡아갔다.

그 순간, 여인이 은자를 향해서 손을 뻗었다.

“그것만으로는 부족해.”

동시에 석 자 거리에 있던 사운평의 손이 사라지는가 싶더니 은자를 덮었다.

“흥!”

눈을 치켜뜬 여인이 손가락을 독수리 발톱처럼 구부려서 사운평의 손등을 찍었다. 전후좌우 사방이 그녀의 손그림자에 막혔다.

사운평은 조금도 당황하지 않고 손을 좌우로 흔들었다. 그러고는 눈 깜짝할 새에 여인의 공세를 교묘히 빠져나갔다.

“난 약속대로 말했어.”

담담히 말한 그는 은자를 품에 넣었다.

그를 바라보는 여인의 눈에서 싸늘한 한광이 출렁거렸다.

아무리 얕보고 손을 쓰긴 했지만 가볍게 빠져나가다니.

그러나 놀람보다 일이 먼저였다.

“아니. 너는 약속을 제대로 지키지 못했어. 그가 이가장의 장로라는 건 열흘 전까지 이야기야. 그는 지금 이가장에 없어.”

사운평이 멈칫했다.

우문호가 이가장에 없다면 이야기가 달라진다.

“그가 이가장에 없다고?”

“그래, 없다. 그러니 그가 어디로 갔는지 알려 줘야 그 돈을 가져갈 자격이 생기는 거지.”

‘제길, 어디로 간 거야?’

손에 들어온 돈을 내주는 게 아쉽지만 어쩔 수가 없었다.

자신은 지금 은자 열 냥에 얽매일 때가 아니었다.

툭.

그는 두말하지 않고 은자를 여인의 탁자 위에 던졌다.

“돌려주지.”

여인의 눈에 이채가 떠올랐다.

사운평이 일절 변명도 하지 않고 내줄 줄은 생각을 못 한 듯했다.

“나는 이미 계약을 했다. 너는 그가 있는 곳을 알려줘야 해. 알려주지 않을 거면 스무 냥을 내놓아.”

사실 계약을 한 것은 아니다. 하지만 그녀는 우기듯이 말했다.

사운평은 그 말에 아무런 반발도 하지 못했다.

꼭 돈 때문만은 아니었다.

천하제일 해결사가 되겠다는 자신이 여기서 손을 들 수는 없는 일 아닌가?

그는 품속에서 은자 열 냥을 더 꺼냈다.

"좋아. 그럼 정확히 정보를 알아낸 다음 그 돈을 가져가겠어. 그때까지 보관하고 있어."

사운평은 은자를 놓고 몸을 일으켰다.

'사소한 청부에도 확실하게 알고 말해야 했는데, 너무 자만했어.'

그 점을 깨달은 것만으로도 열 냥은 의미가 있었다.

여인은 밖으로 나가는 사운평의 등을 묘한 눈빛으로 쳐다보았다.

사운평이 정말로 은자 열 냥을 더 내놓을 줄이야.

'재미있는 자군.'

　　　　　＊　　　＊　　　＊

사운평은 나무 위에서 어둠 속에 잠긴 이가장을 응시했다.

건물은 그대로이건만 느낌이 전과는 많이 달랐다.

자신이 강해졌기 때문만은 아니었다.

뭐랄까, 맥 빠진 모습 같다고나 할까?

오가는 경비 무사들도 어깨가 처진 듯 보였고, 오가는 대화도 비관적인 이야기가 주를 이루었다.

이청산이 자신의 거처에 틀어박혀 있다는 소문이 돌았는데, 아무래도 그래서 더 장원의 분위기가 가라앉은 듯했다.

사운평은 그런 이청산을 동정하지 않았다.

'자신이 자초한 거지 뭐.'

딸의 의견도 들어보지 않고 검천성과 억지 혼인을 진행한 것부터가 잘못이었다.

이수수가 그렇게 악독한 짓을 저지른 것 역시 이청산에게도 약간은 책임이 있었다.

사람을 시켜서 도도 누나를 살해한 것은 말할 것도 없이 나쁜 짓이었고.

'당신은 그에 대한 책임을 져야 해!'

마음을 차갑게 굳힌 사운평은 나무를 박차고 이청산의 거처가 있는 정검원으로 날아갔다.

쪼르르르르.

노르스름한 술이 술잔에 가득 채워졌다.

술잔을 물끄러미 바라보던 그는 파문이 고요하게 멈춘 뒤에야 손을 뻗었다.

최근 들어서 혼자 술 마시는 일이 잦아졌다. 딸이 사라진 후부터다.

'그렇게 싫었더냐?'

이청산은 술잔을 들어서 단숨에 목구멍 안으로 털어 넣었다.

단맛이 도는 술이건만 아무리 마셔도 쓰기만 했다.

처음에는 원망도 많이 했다. 하나 남은 딸이 자신의 꿈을 꺾다니. 다 저 좋으라고 하는 일이거늘.

시간이 흐르면서 깨달았다.

자신이 꿈꿔왔던 이가장의 부흥도 딸만 못하다는 걸.

딸이 없는 부흥은 행복이 될 수 없다는 걸.

그걸 이제 깨달았는데 딸은 자신 곁에 없었다.

더구나 딸이 자신의 마음을 안다 해도 이제는 돌아오라고 할 수도 없었다.

검천성이, 천의산장이 주호정을 외면한 딸에게 반감을 갖고 있을 테니까.

더구나 주호정의 죽음은 치명적인 충격이었다.

어쩌면 저들이 딸에게 화풀이를 할지도 모를 일이다.

'그래도 돌아오면 이 아비가 너를 지켜주마.'

이청산은 빈 잔에 다시 술을 따랐다. 취기가 올라왔지만 병을 마저 비울 작정이었다.

그때 등잔불이 바람에 흔들렸다.

문이 다 닫혀 있는데 어디서 바람이 불어오는 걸까?

문득 이상한 느낌이 든 그는 고개를 돌렸다.

순간, 창문 앞에 서 있는 사람이 시야에 들어왔다.

그자는 불빛으로 인해 생긴 기둥 그림자 뒤편에 서 있었다. 처음부터 그 자리에 서 있던 것처럼.

"누구냐?"

흠칫 놀란 이청산이 반사적으로 다그쳤다.

"물어볼 것이 있어서 왔소."

사운평이 나직이 말하며 그림자 속에서 나왔다.

이청산은 눈살을 찌푸렸다.

어디선가 본 듯한 느낌. 그러나 일면식도 없는 자였다.

그는 굳이 밖에 있는 호위 무사를 부르지 않았다.

상대는 자신조차 눈치채지 못하게 방으로 침입한 자다. 호위 무사들로서는 상대할 수 없는 고수.

일단은 목적을 알아보는 게 먼저였다.

"정체를 밝혀라."

사운평은 일단 진기로 방 안을 감쌌다. 대화가 끝날 때까지는 외부인이 끼어드는 걸 원치 않았다.

"두 가지를 물어볼 거요. 솔직히 대답해 주시오."

"정체도 모르는 놈에게는 해 줄 말이 없다."

냉랭한 이청산의 말에도 사운평은 무표정을 유지했다.

"중요한 것은 내 정체가 아니오."

"흥, 정체도 밝히지 못하는 걸 보니 뒤가 구린 놈인가 보구나."

"아쉽게도 뒤가 구린 것은 내가 아니라 당신이오."

"네가 나를 모욕하겠다는 거냐?"

평소였다면 모욕을 참지 않있을 깃이다. 그러나 취기가 올라온 그는 은근히 지금 상황을 즐겼다.

대체 어떤 놈이 겁도 없이 밤에 몰래 찾아온 걸까? 이놈을 상대로 화풀이나 해볼까? 그런 마음이었다.

"여러 말 하고 싶지 않으니 간단하게 묻겠소. 내가 겁나지 않는다면 솔직히 말해 주시오."

"내가 왜 네깟 놈을 겁낸단 말이냐? 어디 말해봐라. 대답은 듣고 나서 결정하마."

"첫째……."

도도 누나 일부터 다그칠까?

하지만 이야기 도중에 화가 나서 죽이면 우문호에 대해서는 물어보지도 못할 터. 그는 질문의 순서를 틀었다.

"우문호 장로는 어딜 간 거요?"

"우문호? 그는 본 장을 떠났다. 검천성과 천의산장의 미움을 받고 있는 내가 못 미더웠던가 보지."

"어디로 간 줄 아시오?"

"마음이 변해서 말도 없이 떠난 사람이 행선지까지 밝히겠느냐? 그런데 기껏 그걸 물어보려고 이 밤에 찾아왔느냐?"

이청산의 벌게진 얼굴에 조소가 떠올랐다.

물론 사운평도 주목적은 따로 있었다.

"둘째……."

사운평은 품속에서 가죽 주머니를 꺼냈다.

"귀하는 이 주머니를 잘 알 거요."

이청산의 커진 눈에 당혹감이 떠올랐다.

"네가 어떻게 그 주머니를……?"

"역시 당신 것이었군. 그렇다면 당신이 이 주머니를 누구에게 주었는지도 기억할 거요."

"그 주머니가 왜 네 손에 있는 거냐?"

"그 점은 중요하지 않소. 당신이 이 주머니를 양천에게 준 이유. 나에겐 그 이유가 중요할 뿐이오."

양천의 이름이 나오자 이청산의 눈빛이 거세게 흔들렸다.

사운평이 그 눈빛을 똑바로 쳐다보며 말을 이었다.

"딸을 잃고 분노한 심정은 나도 이해하오. 하지만 소화루를 불태우고 기녀들을 죽인 것은 도저히 용서할 수 없소."

말을 맺을 즈음에는 사운평의 눈에서 강렬한 살기가 번뜩였다.

"무, 무슨 소리를 하는 거냐?"

"양천의 청부를 받은 적등산이 소화루를 불태우고 기녀들을 죽였지. 그 일을 그대가 지시하지 않았단 말이오?"

벌떡 일어난 이청산이 사운평을 노려보았다.

"헛소리하지 마라! 나는 그들을 죽이라고 한 적 없다!"

"그럼 이 주머니는 뭐지? 당신이 양천에게 지시를 내렸으니, 양천이 적등산을 시켜서 소화루의 기녀들을 죽인 것 아닌가?"

"네깟 놈에게 내가 왜 거짓말을 한단 말이냐?"

"그야 자신의 더러운 치부를 드러내고 싶지 않은 거겠지."

"이놈!"

이청산이 버럭 소리를 지르고는 사운평을 공격했다.

사운평은 그 자리에 선 채로 양손을 들어서 마주 뻗었다.

떠더덩!

연속된 폭음이 방 안을 뒤흔들었다. 사운평도 더 이상은 소리가 밖으로 새어 나가는 것을 막지 못했다.

"장주님, 무슨 일입니까?"

"괜찮으십니까?"

밖에서 다급한 경호 무사들의 목소리가 들렸다.

그 와중에도 사운평은 그 자리에 우뚝 서서 이청산만 노려보았다.

반면 비틀거리며 서너 걸음 물러선 이청산은 아연한 표정으로 눈빛이 거세게 흔들렸다.

자신은 큰 충격을 받았거늘, 상대는 처음의 자세 그대로 한 걸음도 꿈쩍하지 않았다.

도대체 저자가 누군데 이리도 강하단 말인가?

"증거가 명백하게 있는데도 발뺌을 하겠다는 건가?"

"네놈이 뭐라 해도 나는 소화루를 불태우고 기녀를 죽이라고 한 적이 없다."

"비겁하게 끝까지 자신을 속이는군."

그때 방문이 세차게 열렸다. 문밖에는 대여섯 명에 이르는 경호 무사들이 무기를 빼 든 채 서 있었다.

그들이 사운평을 보더니 눈을 부릅뜨고 방 안으로 들어왔다.

"웬 놈이냐!"

"장주님! 그자는 저희들이 처리하겠습니다!"

"멈춰라!"

이청산이 그들을 제지했다.

경호 무사들이 엉거주춤 선 상태로 이청산을 바라보았다.

"이 일은 너희들이 나설 일이 아니다. 모두 밖에 나가서 명을 기다려라!"

수하들은 저자의 상대가 되지 못한다. 달려들어 봐야 모두 죽을 뿐.

그는 수하들의 목숨을 이용해서 이 자리를 피하고 싶은 마음이 없었다.

경호 무사들은 이청산의 눈치를 보며 한 걸음, 한 걸음 물러섰다.

이청산이 다시 사운평을 향해 고개를 돌렸다.

"나는 내 딸을 납치해간 놈에 대해서 용서할 마음이 없었다. 하지만 맹세코 소화루의 살겁을 지시한 적은 없느니라.”

“그럼 이 가죽 주머니는 뭐지? 이 안에 든 진주는?”

“그 주머니는 분명 내 것이다. 그 안에 든 진주 세 알도. 내가 그것을 양천에게 준 것 또한 분명한 사실이다. 하지만 나는 그에게 그런 일을 시키지 않았다.”

“시키지도 않았는데 양천이 알아서 했다는 건가?”

“양천이 먼저 나에게 제안했다. 자신에게 납치범을 끌어낼 방법이 있다면서. 그래서 허락하긴 했지만, 설마 그가 그런 일을 저질렀을 줄은 생각도 못 했다.”

“흥! 말은 그럴듯하다만, 진주 세 알을 줬다면 양천은 챙긴 것도 없어. 그가 아무런 이득도 없이 왜 그런 일을 자진해서 하지?”

“그는 주호정을 위해서라면 무슨 일이든 할 수 있는 자다.”

“훗, 결국 죽은 주호정에게 책임을 넘기겠다는 건가? 정말 비겁하군, 이청산!”

그때였다. 얼굴이 벌게진 이청산이 검대에 있는 검을 쥐었다.

사운평은 그걸 보고도 막지 않았다. 차라리 그에게는 이청산이 검을 들고 달려드는 게 나았다.

상대가 검을 들고 달려든다면 자신의 손도 더 이상 망설이지 않을 테니까.

‘그래, 어서 덤벼라, 이청산. 연연이가 나를 원망하더라도 그대를 용서치 않겠다!’

그도 마음을 다잡으며 등 뒤에 매어 놓은 칼을 잡았다.

그 순간, 생각지도 못했던 일이 벌어졌다.

이청산이 검을 빼더니 좌수로 검신을 잡고 꺾었다.

쨍강!

그의 애검인 청운검이 두 동강 났다.

"나 이청산은 거짓말로 삶을 도모할 만큼 비겁한 인간이 아니다! 설령 소화루의 일에 내 잘못이 있다 해도 내가 평생 익힌 검의 무게 이상은 아니니라! 그래도 어쨌든 그 일에 내 책임이 없다고는 할 수 없으니 오늘부로 검을 버릴 것이다. 죽이고 싶으면 얼마든지 죽여 봐라!"

벌게진 얼굴로 악을 쓰듯 외친 이청산은 검을 내던졌다.

쨍그랑.

사운평의 귀에 검이 나뒹구는 소리가 천둥소리처럼 크게 들렸다.

단순히 검을 부러뜨린 것이 아니다. 검사에게 목숨이나 다름없는 절검(切劍)을 선언한 것이다.

'제기랄, 일이 이상하게 꼬이는군.'

더 이상 추궁하기도 애매한 상황. 맥이 빠진 그는 칼에서 손을 떼었다.

"좋아. 그 일은 양천을 잡아서 확인해 보지. 사실이라면 더 이상 당신에게 책임을 묻지 않겠어."

"얼마든지 확인해봐라, 이놈!"

이청산의 목소리가 떠밀기라도 한 듯 사운평의 몸이 뒤로 주욱 미끄러졌다.

몸을 돌린 그의 신형이 흐릿해지는가 싶더니, 와장창 소리를 내며 창문을 부수고 밖으로 날아갔다.

그때 사운평의 등을 노려보고 있던 이청산의 눈빛이 또 다른 의미로 격렬하게 흔들렸다.

'저 칼은? 설마……?'

언젠가 보았던 칼이다. 눈이 시리도록 노려본 적이 있던 칼.

게다가 체격도 눈에 익었다.

그제야 상대의 정체를 눈치챈 이청산이 창밖을 향해서 다급히 소리쳤다.

"네놈이 사가 놈이라면 내 말을 명심해라! 연연이가 불행해지면 귀신이 되어서라도 네놈을 용서하지 않을 것이니라!"

어둠 속을 유영하며 날아가던 사운평은 고개를 갸웃거렸다.

이청산이 자신의 정체를 눈치챈 듯했는데 말뜻이 요상했다.

'왜 연연이가 나 때문에 불행해져?'

第九章

북천(北天)에서 온
남매를 낚다

얼음조각 같은 두 남녀는 만났을 때의 그 객잔에 머물고 있었다.

그늘을 찾아간 사운평은 사실대로 말해 주었다.

"우문호가 어디로 갔는지 이가장 장주도 모르고 있더군."

"결국 당신은 우리가 부탁한 일을 이행하지 못했으니 이 돈은 돌려 주지 않겠어."

"아니. 아직은 아니야. 기간을 정하지 않았잖아?"

여기서 포기하면 본격적으로 청부업을 시작한 후 처음으로 실패한 청부가 된다.

그럴 순 없지.

"그럼 계속 알아보겠다는 건가?"

여인 쪽 입장에서는 반가운 일이었다.

자신들 대신 사운평이 뛰어다닐 테니까. 실패하면 은자 열 냥을 버는 것이고.

"물론이지."

"우리도 무작정 기다릴 순 없어. 기한을 정해."

"열흘."

"열흘은 길어. 닷새로 해."

"좋아. 당신 말대로 닷새로 하지. 단, 나와 함께 움직여야 해. 당신들 찾다가 날짜를 넘기면 안 되니까."

여인도 마다하지 않았다.

"그렇게 해."

두 남매는 수천 리를 남하해서 오늘 황하를 건너온 터였다. 중원에 대한 경험이 거의 없었다.

정주까지 내려오면서 사람들에게 몇 번이나 속은 그들은 약속을 철저히 지키려는 사운평의 행동이 마음에 들었다.

"이름이 어떻게 되지? 난 사운평이야."

"난 북야진, 동생은 북야설이다."

"멀리서 온 것 같은데, 어디서 왔어?"

"장성 너머."

"후우, 정말 멀리서 왔군. 그런데 이쪽 말을 제법 잘하네?"

"배웠으니까."

북야진이 툭 던지듯 대답하자, 이번에는 북야설이 물었다.

"이곳에 살아?"

"전에는 그랬지. 지금은 낙양에 살아. 그래서 말인데, 날이 새면 함께 가자고."

"함께 낙양으로 가자고?"

"우문호의 행방을 찾을 수 있는 사람들이 낙양에 있거든."

*   *   *

사운평은 북야진 남매와 함께 아침 일찍 정주를 출발했다.

마음이 싱숭생숭했다.

억지로라도 힘을 내려고 했지만 이연연이 생각날 때마다 마음이 복잡해졌다.

그녀는 저 남쪽, 만수산의 깊은 계곡 안에서 살고 있다고 했다.

그러잖아도 찾아가기가 멋쩍었는데, 이제는 엄두도 나지 않았다.

이청산이 자신 때문에 무인의 길을 포기했다는 말을 들으면 어떻게 생각할까?

'원망하지나 않을지 모르겠네.'

그러나 어쩌랴, 이미 벌어진 일인데.

한편으로는 그 정도로 해결된 게 다행이라는 생각도 들었고.

'후우, 나도 모르겠다. 그 문제는 만났을 때 생각하자.'

고개를 설레설레 흔든 사운평은 한 걸음 뒤처져서 따라오는 북야진 남매를 돌아다보았다.

"우문호는 왜 찾는 거야?"

"확인할 것이 있어서."

여인, 북야설이 대답했다.

북야진은 여전히 뚱한 표정으로 입을 닫고 있었다.

“중원에 아는 사람은 있어?”

“없어.”

“그럼 우문호를 찾고 나면 바로 돌아갈 건가?”

그에 대해서는 북야설도 바로 대답을 하지 못했다. 머물 것인지 돌아갈 것인지 확정되지 않은 듯했다.

“봐서.”

나중에 한 대답이라고는 그 한마디가 전부였다.

그 후로 세 사람은 말없이 반 시진을 걸었다. 하지만 말이 걷는 것이지, 한 걸음이 근 일 장 간격이어서 일반 사람이라면 뛰어도 따라잡기 힘든 속도였다.

“우문호의 행방을 찾아낼 사람들이 있다는 곳, 문파 같은 곳인가?”

북야진이 지겨움을 참지 못하고 물었다.

“맞아. 문파지. 천해문.”

“천해문?”

“내가 문주지.”

사운평이 자랑스럽게 말했지만, 그 말을 들은 북야진 남매는 시큰둥했다.

‘저런 놈이 문주면 알만하군.’ 그런 표정.

사운평이야 그런 반응을 신경 쓰지도 않았지만.

“중원에 남고 싶으면 말해. 우리 천해문에서 받아줄 수도 있으니까. 다른 것은 몰라도 돈은 제법 많이 벌 수 있을 거야. 나는 번 돈을 문도들에게 골고루 나누어 주거든.”

그 말에 북야진의 마음이 조금 움직였다.

‘정말 돈을 잘 번다면 잠깐 머무르는 것도 나쁘진 않을 것 같은
데…….’

중원을 돌아다니는 데 불편하지 않을 정도의 돈만 벌고 그만두면
되지 않겠는가.

하지만 사운평 밑에서 일을 해야 한다는 게 영 마음에 안 들어서 선
뜻 입이 떨어지지 않았다.

사운평이 북야진 남매와 함께 낙양에 들어선 것은 석양이 붉게 타
들어 갈 무렵이었다.

그들이 천해장에 들어가자, 초혜와 조연홍을 비롯한 천해문 사람들
이 묘한 표정으로 북야진 남매를 바라보았다.

이번에는 무슨 이유를 대고 저 두 사람을 데려왔을까?

특히 인송초가 눈빛을 반짝이며 슬쩍 물었다.

“누군가?”

“이 사람은 북야진이고, 이 여자는 북야설입니다. 청부 때문에 함
께 왔죠. 사람을 찾아달라더군요.”

사운평이 그렇게 말했지만 그게 전부일 거라 생각하는 사람은 아무
도 없었다.

청부를 맡았으면 맡은 거지, 사람을 왜 데려와?

조연홍, 위지강, 궁탁. 어쩌면 삼괴까지. 모두들 이런저런 이유로
왔지만 결국은 천해문을 위해서 일하고 있지 않은가 말이다.

사운평은 그런 반응을 조금도 신경 쓰지 않았다.

“초혜야, 너는 삼음검 우문호라는 사람의 행방에 대해서 알아봐.

이가장의 장로였던 사람인데, 좀 더 강한 세력을 찾아서 갔을 거야.”

“알았어요. 근데 보고할 것이 있어요.”

“뭔데?”

“철마문의 패색이 짙어지나 봐요. 옥천산 구절곡의 총단까지 밀려서 마지막 발악을 하고 있대요.”

결국 그렇게 패하나?

예상했던 패배이긴 하나 그래도 오래 버틴 셈이었다.

“천의산장과 검천성이 기세등등해졌겠군.”

“꼭 그렇지만은 않아요. 철마문에서 정체를 알 수 없는 고수들이 수십 명 출현해서 그들도 엄청난 피해를 봤다고 해요.”

“정체를 알 수 없는 고수?”

“그동안 철마문에 배후가 있을지 모른다는 소문이 돌았는데, 아마도 그자들인 것 같아요.”

사운평의 눈매가 가늘어졌다.

“흠, 그 소문이 사실이었단 말이지?”

“그자들 때문에 구절곡 공격을 쉽게 못 하나 봐요.”

“양천에 대한 소식은 없어?”

“아직 알아내지 못했대요.”

“하긴 그자를 찾겠다고 뛰어들 수도 없겠지.”

“전쟁이 끝나면 검천성으로 돌아오지 않겠어요?”

오래 걸리지 않을 싸움이라면 차라리 그게 나을 수도 있다.

문제는 철마문과의 전쟁이 끝난 후다.

전쟁이 끝나면 비천문에 대한 사냥이 본격적으로 시작될 것이다.

‘그들의 움직임을 좀 더 정확히 알아야 해.’

그래야 대박을 노리고 끼어들 것인지, 아니면 숨죽인 채 조용해질 때까지 기다릴 것인지 결정을 내릴 수 있다.

비천문 사람들에 대해서는 걱정하지 않았다.

‘그들 일은 그들이 알아서 해야지 뭐.’

가볍게 고민을 털어낸 그는 화제를 장안 쪽으로 돌렸다.

“장안으로 간 사람들에게 온 소식은 없어?”

“아직은 없는데요, 한 가지 재미있는 사실을 알아냈어요.”

“뭔데?”

“천도맹에서 진시황릉의 존재를 알게 된 것은 신기수사(神技修士) 기영산이란 사람 때문이래요. 근데 조사하다 보니까 갈원과 기영산이 아는 사이지 뭐예요?”

“그래?”

“기영산이 젊었을 때 제갈세가에서 공부를 했나 봐요.”

갈원은 본래 제갈세가 사람. 제갈세가에서 공부했다면 둘이 아는 것도 이상할 것이 없다.

다만 하나의 사건에 관련된 두 사람이 오래 전부터 알던 사이라는 게 조금 이상할 뿐.

아니, 이상한 정도가 아니라 수상했다.

“다른 것은? 그게 전부야?”

“예.”

“그럼 저녁식사나 준비해. 오늘은 이상하게 일찍 배가 고픈 것 같아.”

사운평이 빨리 가서 요리나 하라는 듯 휘휘 손을 저었다.

초혜는 입술을 삐죽이며 돌아섰다.

'쳇, 돼지…….'

＊　　　＊　　　＊

천해문에 도착한 지 하루.

북야진과 북야설 남매는 무척 혼란스러웠다.

규모가 작은 거야 이해 못할 바는 아니었다. 소규모 문파는 강호에 얼마든지 있으니까. 자신들의 사문 역시 정식 제자는 십여 명에 불과하지 않은가 말이다.

청부업을 하는 문파라는 것도 이해할 수 있었다. 살인청부만 전문적으로 맡아서 하는 문파도 있지 않은가.

문제는 문파의 인원 구성이다.

겨우 열두어 명밖에 되지 않는 문도는 남녀노소 골고루 섞여 있었다.

무공을 모르는 소년도 있고, 긴장감을 느끼게 하는 고수도 있었다.

정보를 총괄한다는 여인은 스무 살도 안 되는데, 무공은 삼류 수준이고 요리가 취미였다.

문주는 이십 대 청년이고.

역용을 지우니 더 어리게 보였는데, 아무래도 자신들보다 나이가 적을 듯했다.

세상에 무슨 이런 문파가 다 있단 말인가?

지금 소꿉놀이하나?

하지만 가볍게 생각할 수 없는 것이, 새파랗게 젊은 문주의 무공이 자신들조차 함부로 대할 수 없을 정도라는 것이다.

절정 수준에 오른 노 고수들도 있고.

"설 매, 이 사람들에 대해서 어떻게 생각해?"

"나도 잘 모르겠어."

"이자들이 정말 우문호를 찾아낼 수 있을까?"

"일단 약속 날짜까지는 기다려 봐야지."

"찾아내지 못하면?"

"그건 그때 가서 생각해 봐도 돼."

"우문호가 아직도 그 물건을 가지고 있을까?"

"잃어버리지 않았다면 갖고 있을 거야."

"그가 그 물건의 비밀을 풀었을지도 모르잖아?"

"그랬다면 지금보다 훨씬 더 유명해졌겠지. 아니면 진즉 죽었던가."

"하긴 그의 능력으로 비밀을 푼다는 것은 불가능한 일이지. 절대적인 능력을 지닌 누군가의 도움을 받는다면 몰라도."

"흥, 욕심이 많은 그는 절대로 그것을 남에게 내보이지 않았을 거야."

"설매 말이 맞아. 그자는 죽을 때까지 그걸 포기하지 못할 거다. 누이까지 죽이고 얻은 물건인데……."

"그 이야기는 그만해."

북야설이 이마를 찌푸리며 북야진의 말을 막았다.

북야진도 그에 대해서는 더 이상 말하지 않았다.

그때 이마를 찌푸리고 있던 북야설이 자신의 생각을 말했다.

"닷새 안에 우문호를 찾지 못할 경우 이자들을 이용해볼까 해."

"이자들을 이용한다고?"

"우리 둘이 돌아다니며 찾는 것보다는 낫지 않겠어?"

"비용은? 문주라는 자를 봐선 공짜로 해 주지 않을 텐데?"

"대신 일을 해 주면 돼. 청부업을 한다고 했으니 우리가 할 수 있는 일을 찾는 건 어렵지 않을 거야."

북야진은 반대하지 않았다. 그 역시 일을 해 주고 돈을 벌어볼까 하는 생각을 하지 않았던가.

"나쁘진 않은데, 이자들의 정보망으로 찾을 수 있을지 모르겠군."

"찾지 못하면 그때 떠나면 돼. 그동안 우리가 일해서 번 돈 중 우리 몫을 가지고. 그럼 부족한 경비도 해결할 수 있어."

"찾으면 좋고, 못 찾으면 경비만 벌어서 떠난다는 거지?"

"맞아. 어느 쪽이든 우리에겐 나쁠 것 없어."

"좋아, 그럼 그렇게 하자."

그때였다.

마치 그런 결정이 날 줄 알았다는 듯 밖에서 사운평의 목소리가 들렸다.

"북야 형, 안에 있어?"

방 안으로 들어온 사운평은 목에 잔뜩 힘을 주었다.

"우문호로 보이는 사람이 낙양을 지나쳐갔다는 정보가 들어왔어.

겨우겨우 알아냈지. 하, 하, 하."

"정말이냐?"

북야진이 못 미더운 표정으로 반문하자, 사운평이 웃음을 지우고 정색했다.

"우리 천해문은 신용을 목숨처럼 생각해. 고객에게 거짓말을 하는 순간 이 사업도 끝장이거든. 믿고 싶으면 믿고, 믿기 싫으면 믿지 마."

"생각보다 빨리 알아냈군. 낙양을 지나쳐서 어디로 갔지?"

북야설이 나서서 사운평의 말을 재촉했다. 나는 네 말을 다 믿는다는 듯.

그제야 사운평도 정색한 표정을 풀고 입을 열었다.

"서쪽으로 갔어."

"서쪽이라고만 하면 어떻게 찾아?"

북야진이 다시 투덜댔다.

이번에는 사운평도 별반 반응을 보이지 않았다. 자신이라 해도 그렇게 말했을 테니까.

물론 그에 답할 말도 준비되어 있었다.

"일단 동서남북 중 방향이 한 곳으로 좁혀진 것만 해도 대단한 거야. 우선은 그 정도로 만족해. 한술에 배부르겠어?"

북야설은 그의 말이 옳다는 것을 알기에 순순히 받아들였다.

"그가 서쪽으로 갈 경우 예상되는 행선지는?"

"서쪽에 강호방파는 많지만, 이가장에서도 만족 못한 그의 욕심을 채워줄 곳은 생각보다 적어. 전문가를 보내서 그의 행적을 쫓고 있으니까, 기다리면 좀 더 자세한 소식이 올 거야."

예상외의 정보력이다. 단 하루 만에 우문호의 행적을 찾아내다니.

"단, 확실히 찾아내는 데까지의 기간을 열흘로 늘리자고. 천하는 너무 넓거든."

"열흘 안에 찾아내지 못하면 어떻게 할 거지?"

"그럼 어쩔 수 없지. 이십 냥을 포기하는 수밖에. 열흘 이상 추적하면 손해가 너무 크거든."

"계속 추적하는 비용을 우리가 댄다면?"

"뭐, 그렇다면야 생각해 볼 수도 있지."

"얼마나 들지?"

"하루에 은자 열 냥."

"하루에 열 냥?"

북야진과 북야설이 놀란 표정을 지었다. 마치 얼음조각이 쩍쩍 갈라지는 듯했다.

"사람을 부린다는 것은 쉬운 일이 아니야. 더구나 정보를 얻기 위해서는 누군가에게 돈을 쥐여 줄 때도 있어. 어떤 때는 은자 수십 냥이 들어가기도 하지."

그제야 북야진과 북야설은 사운평의 말을 이해할 수 있었다.

그때 사운평이 몇 마디 덧붙였다.

"그래서 청부금도 그 점을 계산해서 받아. 어쩌다 보니 열 냥으로 청부를 받았지만, 정식으로 계약했으면 은자 백 냥 이하로는 어림도 없었어."

북야설의 차갑던 눈빛이 흔들렸다.

은자 백 냥은 그들에게 큰돈이다. 그렇다면 천해문에 청부할 수도 없지 않은가?

설령 청부를 한다 해도 그 돈을 갚으려면 상당 기간 일을 해줘야 할 것 같았다.

그때 사운평이 넌지시 낚싯대를 드리웠다.

"가끔은 금자 수백 냥짜리 청부도 받아."

북야설의 눈이 살짝 치켜떠졌다.

금자 수백 냥이면 은자로 수천 냥.

전이었다면 칼만 안 들었지 날강도가 따로 없다고 생각했을 것이다.

그러나 지금은 그렇게 많은 청부금을 받는 일이 어떤 일인지, 그런 청부에 참여하면 얼마나 받을 수 있는지, 그런 점이 궁금했다.

"무슨 일인데 그렇게 많은 돈을……?"

사운평이 북야설의 궁금증을 풀어 주면서 미끼를 던졌다.

"그 청부도 한 사람을 찾는 일이야."

"사람 하나 찾는데 그렇게 많은 돈은 준다고?"

"물론 약간 다른 점도 있지. 그 사람을 데려와야 하거든. 지금도 그 일 때문에 사람들이 장안에 가 있어."

생각보다 어려운 일은 아닌 듯했다.

설령 어렵고 위험한 일이라 해도 한 사람을 데려오는 일 치고는 엄청난 금액이 아닌가.

"그 일을 성공하면 얼마나 주지?"

"각자 달라. 일 할을 받는 사람이 있고, 오 푼을 받는 사람이 있어.

그리고 이 할을 받는 사람도 있고."

일 할만 해도 은자 수백 냥이다. 매혹적인 유혹이었다.

"만약 우리가 그 일을 도와준다면?"

"글쎄. 뒤늦게 뛰어드는 거니까 지금 가 있는 사람들만큼 많이 줄 순 없어. 그래도 둘이 합해서 한 사람 몫은 줄 수 있지. 이것도 인연인데, 너무 짜게 굴 순 없잖아? 하, 하, 하."

사운평은 가벼운 웃음을 지었다. 그러나 속에서는 앙천대소가 터지고 있었다.

'우하하하하, 걸렸어! 잘하면 고수 둘을 반값에 쓸 수 있겠군!'

더 후려칠 수도 있지만, 양심이 찔려서 그나마 둘을 하나로 쳐주었다.

그 정도면 해 줄 만큼 해 줬지 뭐.

"한 사람 몫이면 얼마지?"

"하는 거에 따라서 오 푼에서 일 할. 오 푼만 되어도 금자 스물다섯 냥이야. 은자로는 오백 냥이지."

북야설은 눈이 커지려는 것을 가까스로 자제했다.

"그만큼 위험한 일이겠군."

"그럴 수도 있어. 강요하는 건 아니니까, 하고 싶으면 말해. 단, 내일 아침까지는 답을 줘야 해."

사운평은 할 말 다했다는 듯 일어섰다.

굳이 더 말할 것도 없었다. 낚싯바늘이 이미 턱뼈에 단단히 박힌 상태였다.

※　　　※　　　※

"하겠어."

아침이 되자 북야설이 냉기 풀풀 날리는 목소리로 말했다. 북야진의 의견은 들어볼 것도 없었다.

북야진은 무게만 잔뜩 잡을 뿐, 북야설의 말에 꼼짝도 못 했다.

"좋아, 그럼 장안에서 연락이 오는 걸 봐서 일을 시작하자고."

그때였다. 초혜가 득달같이 달려왔다.

"문주니이이임!"

사운평은 느긋한 표정으로 초혜를 맞이했다.

"무슨 일인데 또 방정이야?"

"장안에서 연락이 왔어요."

'정말 기가 막히게 시간을 잘 맞추는군.'

"그래? 뭐라고 연락 왔어?"

"갈원이 천도맹에 있는 것 같대요."

"잘됐군."

"근데 천도맹과 명왕문(冥王門)이 장안의 주도권을 놓고 한판 붙어서 지금 난리도 아니라고 해요."

"명왕문? 명왕문이 어떤 문파인데 천도맹에 대가리를 들이미는 거지?"

"명왕문이 바로 은명곡이에요."

"뭐? 그럼 은명곡이 장안을 놓고 천도맹과 싸운단 말이야?"

"예, 그 바람에 경비가 워낙 심해서 더 이상 자세한 것은 알아내지 못했대요.”

“갈원이 있다 해도 빼내기가 쉽지 않겠는데?”

“확실히 문주님 눈치는 알아줘야한다니까. 어떻게 알았어요? 그러잖아도 임 의원님이 그렇게 적어서 보냈던데.”

‘이 자식이! 그냥 감탄만 하면 안 돼?’

하지만 지금은 초혜를 야단칠 때가 아니었다.

설령 어찌어찌해서 갈원을 빼낸다 해도 그들 힘만으로는 데려오기가 힘들다고 봐야 했다.

자칫해서 분노한 천도맹과 싸우기라도 하면 더더욱 힘들어질 것이고.

“가서 다른 사람과 상의해 보자.”

사운평은 사람들을 불러 모았다.

상황을 설명하자 언송초가 먼저 말했다.

“지원을 보내야 할 것 같군.”

사운평도 그리 생각하고 있던 터였다.

더구나 천의산장과 신궁이 어찌나 찬바람을 일으키고 다니는지 당분간 낙양을 벗어나 있는 것도 괜찮을 듯했다.

‘장안의 일을 처리하고 돌아올 때쯤이면 검천성과 철마문의 싸움도 끝나 있겠지?’

양천의 일이야 그때 알아봐도 늦지 않았다.

“제가 가봐야겠습니다. 북야 형과 소저도 함께 가지? 어차피 우문호도 서쪽으로 갔다니까, 오히려 찾기가 더 쉬울 수도 있잖아?”

"얼마나 걸리지?"

"열흘 안으로 마무리 지을 생각이야. 그 정도면 우문호를 찾는 일에도 큰 영향이 없을 것 같은데."

북야진이 북야설을 바라보았다.

북야설이 고개를 끄덕였다.

"좋아, 그럼 함께 가기로 해."

그때.

"우리도 함께 갈까?"

버릇처럼 언송초가 운을 띄웠다. 최소한 돕는 시늉이라도 해야 밥값 내놓으라고 하지 않을 테니까.

그런데 이번에는 사운평도 마다하지 않았다.

"그럼 고맙죠."

멈칫한 언송초가 한발 뒤로 뺐다.

"그런데 우리 같은 늙은이가 도움이 될지 모르겠군."

"사람을 찾는 일은 강호 경험과 밀접한 관계가 있죠. 두 노선배님이 도와주신다면 그만큼 실수가 적어질 겁니다."

"귀령자는 나도 본 적이 없네."

"누군 얼굴을 알아서 찾고 있습니까?"

"허허허, 그것도 그렇군."

"혹시 천도맹이나 은명곡과 싸우는 게 두려워서 그러십니까? 그럼 가지 마세요. 그 대신 만에 하나라도 천의산장 사람들이 찾아오면 노선배님이 적절하게 처리해 주십시오."

설편자도 자존심이 있었다.

"누가 가기 싫다고 했나? 괜히 자네들을 불편하게 할까 봐 그런 거지. 사실 노부도 친구들만 뛰어다니게 만들어서 미안하던 참이었네. 허허허허."

또한 천의산장의 오만한 자들을 상대하는 것보다는 장안에 가는 게 나았다.

장안은 구경할 것도 많으니 유람하는 셈 치지 뭐.

"좋습니다. 그럼 함께 가기로 하죠. 초혜, 너는 장원을 잘 지켜라. 당분간 쓸데없이 나다니지 말고."

초혜가 입술을 삐죽였다.

"문주님 걱정이나 하세요. 솔직히 저희 중에서 제일 걱정 되는 사람이 문주님이라구요."

동의한다는 듯 대부분이 고개를 끄덕였다.

'짜식이 말이야, 생각해 주면 고맙다고 할 것이지.'

＊　　　＊　　　＊

천의산장은 고수들 다수가 빠져나갔음에도 분위기가 칼날처럼 곤두서 있었다.

삼비의 출현!

주호정에 대한 복수도, 철마문과의 전쟁도 그 일에 비할 바가 아니었다.

그 분위기를 증명하듯 공손수경의 묻는 목소리에서 근엄함보다 중압감이 느껴졌다.

"백운장에서 도망친 놈들의 흔적을 아직도 찾아내지 못했단 말이
냐?"

대답하는 공손무곡의 표정도 굳어 있었다.

"황하를 건넌 것은 확실해 보입니다만, 그 이후로 흔적이 끊겼습니
다."

"역시 철저하군. 어쨌든 삼비 중 둘이 나타났다면 나머지 하나 역
시 세상에 나왔다고 봐야 할 거다."

"그럴 가능성이 큽니다, 아버님. 현재로선 철마문을 암중에서 움직
인 자들이 의심됩니다."

"네 말도 일리는 있다만, 그들이 지닌 무공은 삼비와 거리가 멀
어."

"저도 그 점이 의문입니다. 그러나 현 강호에서 그들 외에 어느 세
력이 아무도 몰래 그러한 힘을 보유할 수 있겠습니까?"

"세상은 넓다. 우리가 아직 파악하지 못하고 있는 자들이 있을 수
도 있느니라."

"그렇긴 합니다만……."

"그들에 대해서는 곧 밝혀질 일, 우선은 낙양에서 도주한 자들에
대한 놈들의 위치부터 파악하도록 해라."

"그러잖아도 전력을 기울여서 그들을 쫓고 있습니다."

"신궁과 은명곡에 연락은 넣었겠지?"

"예, 아버님."

"그럼 곧 사냥에 참가하겠군."

"은명곡은 조금 늦게 참가할지 모릅니다. 장안에 발판을 마련하기

위해서 천도맹과 싸우고 있는 터라…….”

“명왕문이라는 이름으로 나왔다고?”

“예, 아버님.”

“그들에 대해서는 크게 신경 쓸 것 없다. 삼비 중 하나 정도는 우리
와 신궁의 힘만으로도 처리할 수 있으니까. 그보다…….”

말꼬리를 길게 끈 공손수경이 차가운 표정으로 말을 이었다.

“공조는 하되 취함에 있어서는 양보하지 마라.”

“소자 역시 같은 생각입니다.”

＊　　　＊　　　＊

공손수경과 공손무곡이 마주 앉아 있던 그 시각. 우개양이 천우원
으로 공손건을 찾아왔다.

“낙일검제의 흔적을 찾아냈습니다, 소공.”

가라앉아 있던 공손건의 눈빛이 오랜만에 번뜩였다.

그날의 일과 가장 깊게 연관된 사람이 바로 낙일검제였다. 특히 이
연연의 실종에 관해서 만큼은 그가 관여되었을 거라는 의견이 지배적
이었다.

“어디에 있습니까?”

“정확한 위치는 아직 밝혀지지 않았습니다만, 정주와 숭산 동쪽 신
밀 인근에 몇 번 나타났다고 합니다.”

“그렇다면 정주나 신밀에서 멀지 않은 곳에 은신처가 있다고 봐야
겠군요.”

“그렇습니다. 밀각 요원의 말에 의하면 만수산 일대에 거처가 있을 가능성이 가장 크다고 합니다.”

“좋습니다. 그럼 사람들을 보내서 만수산 일대를 뒤져보라고 하십시오.”

“예, 소공.”

“영호 노선배야 어떻게 되든 상관없습니다. 단, 이연연이 다쳐서는 안 될 것입니다.”

“너무 걱정 마십시오. 최대한 주의하라고 하겠습니다.”

“검천성에는 아직 알리지 마십시오.”

“알겠습니다.”

第十章
선자불래(善者不來)

늦가을 바람이 차갑게 불어대던 어느 날.

충격적인 소식 하나가 천하를 뒤흔들었다.

—구문팔가가 강호의 안녕을 위하여 무림맹 결성을 합의했다!

—내년 삼월 초하루, 숭산 소실봉 아래에서 무림맹의 활동을 선포

한다고 한다!

그 소식이 전해지자 강호가 들끓었다.

신주구세의 위세에 눌려 있던 정도문파들은 환호하며 구문팔가의

결정을 반겼다.

당금 강호에서 위세를 떨치던 신주구세는 바짝 긴장한 채 상황을

예의주시했다. 자신들의 세력에 속해 있던 정도의 문파들이 무림맹

쪽으로 돌아설지 모르는 것이다.

반면 마도 문파들은 다급히 연락을 취하며 무림맹이 결성될 경우에
대한 대비책 마련에 부산했다.

*　　*　　*

장안도 무림맹 이야기로 떠들썩했다.

그러나 장안의 무인들은 그 일에 신경 쓸 틈이 없었다.

천도맹과 명왕문의 싸움으로 여기저기서 사람들이 죽어가는 판이
었다.

살얼음판을 걷는 팽팽한 긴장감에 숨조차 제대로 쉬기가 힘들었다.

임풍 등은 상황이 심상치 않게 흐르자 성에서 빠져나왔다.

구광이 임풍과 위지강을 장안 남쪽 진령(秦嶺) 자락에 있는 적흥사
(積興寺)로 안내했다.

인적이 드문 곳에 자리한 적흥사는 임시 거처로 삼기에 적당했다.

임풍과 위지강도 그곳이 마음에 들었다.

불전이라고 해봐야 모두 네 채에 불과한 작은 사찰은 밖에서 피바
람이 불든 말든 고즈넉한 산사의 모습 그대로였다.

적흥사 주지인 운방 스님과 구광은 전부터 잘 아는 사이였다. 그렇
다고 공짜로 머물 순 없었다.

그들은 은자 열 냥을 주고 요사채를 열흘간 쓰기로 했다.

돈을 부처만큼이나 좋아하는 운방은 큰 인심을 쓰듯 요사채를 통째
로 내주었다. 몇 마디 강조하면서.

"나무아미타불, 공양에 대해서는 따로 계산해야 하네. 그래도 밖에서 사 먹는 것보다는 훨씬 쌀 거야."

싫으면 나가서 사 먹거나 알아서 해결하라는 표정.

세 사람은 두말하지 않고 밥값을 지불하기로 했다. 어차피 공금에서 나가는 거니까.

그로부터 사흘 후, 낙양에서 달려온 사운평 일행이 적흥사에 도착했다.

"흐음, 좋은 곳에 자리 잡았군."

사운평을 필두로 각양각색의 일행 일곱 명이 사찰 안으로 들어서자, 마침 마당을 지나가던 노승이 걸음을 멈추었다.

노승은 무기를 든 사람들을 보고도 놀라지 않았다. 놀라기는커녕 웬지 반기는 표정이있다.

"나무아미타불 관세음보살, 혹시 임 시주를 찾아오신 분들이 아니신지?"

그때였다.

요사채의 방문이 열리며 누군가가 고개를 내밀었다.

수더분한 얼굴, 임풍이었다.

"여기네, 문주. 어? 주지 스님께서도 나오셨군요."

"나무아미타불, 그럼 편히 쉬십시오."

노승, 운방은 합장을 하며 고개를 숙이고 대웅전으로 향했다.

'일곱 명이면 적어도 오십 냥은 더 벌 수 있겠어.'

그 돈이면 곡식 백 섬은 살 수 있다. 그리고 그 곡식이면 위수 아래쪽의 빈민 수백 명이 굶주림을 면하며 겨울을 보낼 수 있으리라.

'나무아미타불 관세음보살.'

사운평 일행은 일단 방 안으로 들어갔다.

선방 안에는 임풍과 위지강만 있었다.

사운평은 그들에게 북야진과 북야설을 소개했다.

임풍은 붙임성 좋은 그답게 서글서글한 웃음을 지으며 두 사람과 인사를 나누었다.

"임풍이오."

위지강의 무뚝뚝한 표정도 오랜만에 풀어졌다.

"소강이라 하오."

"나는 북야진이오. 그리고 이쪽은 내 동생인 북야설."

임풍과 위지강은 북야설의 얼굴에서 시선을 떼지 못했다.

북야진은 남자이니 그저 '굉장히 잘 생겼군.' '여자깨나 홀리겠군.' 하는 감탄이 전부였다.

그러나 북야설은 여자가 아닌가?

모자를 벗은 그녀의 얼굴은 숨이 멎을 정도로 아름다웠다. 오죽하면 무뚝뚝한 위지강마저 황홀한 표정을 지었다.

"두 사람은 임시로 본 문의 일을 함께하기로 했어. 싫으면 말해. 지금이라도 제외시킬 수 있으니까."

사운평이 마음에도 없는 말을 하자 임풍이 세차게 손을 저었다.

"싫긴? 나는 찬성이네."

"실력이 문제긴 한데, 문주가 받아들일 정도면 걱정하지 않아도 될 것 같군."

위지강도 머쓱한 표정으로 찬성했다.

"좋아, 그럼 그 문제는 더 이야기할 것 없고…… 그런데 구 형은 어디 갔지?"

"장안의 상황을 살펴보러 갔네. 해 질 시간이 얼마 남지 않았으니 곧 돌아올 거야."

사운평은 임풍의 말을 듣고 그러려니 했다. 단순한 정보 수집 차원일 거라 생각했으니까.

그런데 위지강이 약간 굳은 표정으로 말했다.

"혈응방이 고래 등 사이에 끼어서 피해가 많았는데, 아무래도 친구가 걱정되었나 보네."

사운평도 구광과 혈응방의 관계에 대해서 조금은 알고 있었다. 떠날 때 장인에시의 계획을 논의할 때 이야기가 나왔었으니까.

친구가 혈응방의 당주라고 했던가?

문제는 정보 수집 차원이 아니라 혈응방 때문에 갔을 경우였다.

"혈응방 일에 끼어들면 위험해질 텐데?"

"구 형도 위험한 건 잘 알고 있으니 조심하겠지."

임풍이 슬쩍 구광을 변호했다.

어찌 보면 천해문의 일 때문이라기보다 개인적인 사정으로 자리를 비운 셈이다.

한 단체에서 중요한 때에 개인적인 행동을 하는 것은 결코 옳은 일이라 할 수 없었다.

사운평도 그 일에 대해서는 더 이상 문제 삼지 않았다.

"장안 상황은 어때?"

"난리도 아니네. 오죽하면 혈응방조차 겁에 질려서 문을 걸어 닫고 상황을 지켜보기만 하겠나?"

"관병들도 행여나 양민이 피해를 볼까 봐 신경을 곤두세우고 있네. 완전히 살얼음판이야."

임풍과 위지강이 장안의 사정을 짧으면서도 확실하게 설명했다.

"종남파나 화산파는?"

사운평이 묻자 임풍이 쓴웃음을 지으며 대답했다.

"구경만 하고 있네."

"쩝, 정파라는 자들이 사람이 죽어가는 데 구경만 하다니."

"어느 쪽이 깨지든 자신들에게는 손해가 아니라는 거겠지."

"위지 형, 은명곡에서 얼마나 나온 것 같아?"

"아직 전력이 모두 나오진 않았네. 며칠 살펴본 바로는 절반 정도 나온 걸로 보이네."

"절반만으로도 천도맹과 막상막하란 말이지?"

"한중의 삼월문이 고수들을 파견했어. 숫자는 많지 않지만 모두 고수들이야."

"아! 맞아. 삼월문이 은명곡의 하부 세력이라고 했지?"

"그래. 천도맹도 숨겨 놓은 힘이 있겠지만, 이대로 싸움이 진행된다면 은명곡 쪽에 승산이 있다고 봐야 할 거네."

물론 변수가 있다면 달라질 수도 있다.

그리고 그 변수에 대해서 누구보다 사운평이 잘 알았다.

"은명곡도 장안에 전력을 쏟지는 못할 거야."

“왜 그렇게 생각하지?”

“삼비 중 일부가 나타났거든.”

“삼비가?”

항상 차분하기만 하던 위지강의 눈이 휘둥그레졌다.

“물론 전부 나타난 것은 아니야. 셋 중 두 곳만 나타났지. 그것도 일부의 힘만. 하지만 그 정도만으로도 은명곡은 천도맹에 전력을 투입할 수 없을걸?”

“삼비 중 두 곳이 나타났다면 당연히 천도맹에 전력을 퍼붓지는 못하겠지.”

“갈원은?”

“천도맹에서 보호하고 있는 것은 확실한데, 싸움이 커지는 바람에 접근을 못 하고 있네.”

사운평은 까칠한 수염이 자란 턱을 손가락으로 쓰다듬으며 삼시 생각에 잠겼다.

‘팽팽한 싸움에서는 작은 변수 때문에 승부가 갈릴 때가 있지. 그 점을 잘 이용하면 될 것 같은데……’

그때 조용히 앉아 있던 언송초가 말했다.

“우리 두 늙은이가 먼저 장안으로 들어가서 천도맹의 상황을 알아보면 어떨까 싶군.”

“천도맹에 아시는 분이 있습니까?”

“허허허, 친구가 하나 있네. 전에 사소한 일로 다투긴 했지만 박대하진 않을 거네.”

그 말에 삼불자 규탁이 이마를 찌푸렸다.

“박대? 악 가는 아마 자네를 보면 잡아먹으려고 할걸?”

“허허허, 잡아먹으려 할 정도의 일은 아니었네.”

“자네 때문에 그 자식의 팔이 소양마에게 부러졌는데도?”

“허허허, 그래도 팔만 부러졌을 뿐 목숨은 건졌지 않은가? 솔직히 노부가 언제 그놈더러 소양마에게 덤비라고 했나? 그냥 소양마의 정체만 가르쳐줬을 뿐이지.”

“자네가 대결을 부추겼다던데?”

“삼 초만 겨뤄보고 안 되겠다 싶으면 물러서라고 했지. 그런데 고집스럽게 오 초까지 버티지 뭔가? 그 바람에 팔이 부러졌지. 그래도 노부가 나서서 구해 준 덕분에 목숨을 잃지 않았으니, 정확히 말하면 노부야말로 악 가의 은인이지.”

사운평은 두 사람의 이야기만으로도 대충 무슨 일이 벌어졌는지 알 듯했다.

도움은커녕 방해나 안 되면 다행일 것 같았다.

‘천하 곳곳에 똥구덩이를 파 놓았군.’

그러니 강호인들이 설편자라면 치를 떨지.

하지만 사운평은 언송초의 말에 반대하지 않았다. 천하의 사기꾼 설편자 언송초가 손해 볼 일을 하겠는가?

나름대로 생각이 있으니 가겠다는 거겠지.

“좋습니다, 그럼 두 분이 먼저 가셔서 천도맹의 상황을 살펴봐 주십시오. 밤이 되면 저희도 성으로 들어갈 것이니, 청난루로 찾아오시면 됩니다.”

“알았네.”

“그리고 혹시라도 천도맹 측에서 도와달라고 하면, 다른 말씀은 하지 마시고 저에게 연락을 취하십쇼.”

언송초는 그 말속에 숨은 뜻을 간파하고 감탄을 금치 못했다.

‘그 와중에도 한 건 챙기겠단 말이지? 정말 대단한 놈이야.’

조연홍은 걱정이 앞섰고.

‘후우, 또 무슨 일을 저지르려고? 진짜 못 말린다니까.’

*　　　*　　　*

언송초와 규탁이 떠나고 한 시진이 흘렀다.

어둠이 사찰을 뒤덮었는데도 구광은 돌아오지 않았다.

“너무 늦는데?”

사운평이 미간을 좁히며 일어섰다.

구광이 오면 출발하려 했다. 장안의 상황을 조금이라도 더 알고 가면 그만큼 나을 테니까.

그런데 그는 오지 않고 시간만 흘렀다.

더는 기다리고만 있을 시간이 없었다.

“일단 장안으로 가자고. 우리가 청난루에 가 있으면 구 형이 찾아오겠지.”

적흥사를 나온 사운평 일행은 장안성으로 들어갔다.

장안은 무척 평온했다.

술에 취해서 소란을 피우는 사람도 없고, 거들먹거리며 어깨에 힘을 주고 다니는 건달도 보이지 않았다.

특히 술집이 많은 구평로 쪽은 쥐죽은 듯 조용했다.

그 일대에서 세 차례에 걸쳐 무사 백여 명이 죽은 후 주루의 절반은 밤이 되면 문을 닫았다.

홍등가도 개점휴업 상태로 한숨만 쉬었다.

구평로 상인들은 요즘 들어서 새삼스럽게 깨달은 사실이 있다.

─혈응방 건달 놈들이 설치고 다닐 때가 좋은 시절이었어. 뜯어먹을 때는 뜯어먹더라도 상권은 지켜줬잖아?

그들이 혈응방이 설칠 때를 그리워하고 있을 때 일단의 무리가 구평로로 들어섰다.

두세 명씩 짝을 이룬 사람들, 사운평 일행이었다.

무기를 든 무사라는 것만으로도 구평로 상인들의 관심을 끌기에 충분했다.

상인들은 사운평 일행이 구평로를 벗어날 때까지 쳐다보았다.

'저놈들도 곧 뒈지겠군.' 대부분 그런 눈빛이었다.

사운평이 구평로를 벗어나서 백 장쯤 걸어갔을 때, 삼 장 거리를 두고 맨 앞에서 걷던 임풍이 고갯짓으로 주루 하나를 가리켰다.

"저기가 청난루네."

사운평과 임풍이 청난루에 들어가자, 임풍을 알아본 점소이, 정확히는 혈응방의 젊은 무사가 다가왔다.

이제 스무 살이나 될까 싶었는데, 왠지 몰라도 긴장감이 물씬 풍기는 표정이었다.

“오셨습니까?”

“양 당주님을 뵙고 싶은데, 안에 계셔?”

“지금 안 계십니다.”

“어디 가셨지?”

“모르셨습니까?”

“뭘……?”

“당주님께선 오늘 오후에 잡혀가셨습니다.”

“양 당주가 잡혀가? 누구에게?”

“명왕문에서 나온 자들이 당주님을 잡아갔습니다. 구평로에 있는 당주님 친구의 주루에서 약간의 소란이 있었는데, 마침 근처에 있던 당주님이 참지 못하고 대들자…….”

듣고 있던 사운평의 눈이 가늘어졌다.

‘그럼 혹시 구 형도……?’

아니나 다를까, 점소이가 말했다.

“그 바람에 당주님의 친구이신 구 무사님도 함께 잡혀갔습니다.”

“다치진 않았어?”

사운평이 묻자 점소이가 힐끗 눈치를 보며 말했다.

“제법 큰 상처를 입은 것처럼 보였습니다.”

“어디로 잡아갔지?”

“북쪽의 북명장(北溟莊)이란 곳입니다.”

천도맹이 장안 남쪽에 위치해 있는 반면, 명왕문은 북쪽에 있는 북명장에 둥지를 틀고 있었다.

“당신네 방주는 어떻게 하고 있지?”

점소이의 얼굴이 이지러졌다.

"방주께선…… 우리 힘으로는 어쩔 수 없다며, 아무도 움직이지 말라고만 하시고…… 씨바…… 당주님을 따르는 사람들이 많아지니까, 잘 됐다는 건지……."

도둑은 훔치는 일만 잘하는 것이 아니다.

잠입과 정보 수집에도 일가견이 있어야 뛰어난 도둑이 될 수 있다.

그런 부분에서 조연홍은 매우 뛰어난 도둑이었다.

"연홍, 네가 가서 자세히 알아봐."

사운평은 일단 조연홍을 북명장에 보내기로 했다.

조연홍의 정체를 모르는 사람들, 특히 북야진과 북야설은 사운평을 못마땅한 표정으로 쳐다보았다.

곱상한 조연홍을 혼자 적의 소굴로 보내다니.

그러나 조연홍은 아무런 불만이 없었다. 그는 싸우는 것보다 그런 일이 더 적성에 맞았다.

"예, 대형."

"다치지 않게 조심하고."

짧은 한마디에 조연홍의 가슴이 찡하니 울렸다.

'은근히 정이 많다니까.'

"안 되겠다 싶으면 잽싸게 도망쳐."

"예."

"갖고 싶은 물건이 있어도 오늘은 좀 참아."

그 말은 왜 해?

사운평을 째려본 조연홍이 퉁퉁거리며 대답하고 몸을 돌렸다.

"걱정 말아요. 제가 뭐 누구처럼 욕심만 많은 줄 알아요?"

"뭐? 누가 그렇게 욕심이 많은데?"

"갔다 올게요."

*　　　*　　　*

'놈들을 잘못 건들면 끝장이야. 양사충이 잡혀간 것은 안타깝지만, 내 인생을 바쳐서 만든 혈응방을 양사충 때문에 포기할 순 없어.'

마도중은 양사충을 포기하기로 작정하고 술잔을 목구멍에 털어 넣었다.

자신은 남들처럼 덩치가 큰 것도 아니고, 무공이 아주 뛰어나지도 않았다.

오직 독기 하나로 이 자리까지 올라왔다.

자신이 방주가 되는 데 양사충이 지대한 공을 세우긴 했지만, 그를 구하겠다고 모든 걸 포기할 수는 없었다.

'그래, 차라리 잘 된 일일지도 몰라. 요즘 애새끼들이 양 가를 무척 따르는 게 눈에 거슬렸는데⋯⋯.'

양사충은 험악한 얼굴과 다르게 은근히 정이 많았다. 수하들을 잘 챙겨주고 신의 또한 철저히 지켜서 수하들의 신망이 대단했다.

최근 들어서는 중간 간부들까지 양사충을 따르는 듯했다.

이러다 양사충에게 방주 자리를 빼앗기는 것 아냐?

그런 불안한 마음이 들던 터에 양사충이 잡혀갔으니 자신으로선 나

뽈 게 없었다.

어차피 그 정도 고수는 돈으로 살 수 있으니까.

'문 걸어 닫고 싸움이나 구경하다가 이기는 쪽 손을 들어줘야겠어.'

나름대로 생각을 정리한 그는 술잔에 술을 따랐다.

그때였다.

"웬 놈이냐?"

"이곳이 어딘 줄 알고……!"

"방주를 보러 왔다니까?"

"이 개자…… 크억!"

"방주의 이름이 마도중이라며?"

"으악!"

마도중은 갑자기 들리는 소리에 고개를 번쩍 쳐들었다.

요즘 천도맹과 명왕문이라는 신비문파의 싸움으로 신경쇠약증에 걸린 그는 비명을 듣는 것만으로도 안색이 창백해졌다.

그때 밖에서 호위 무사의 다급한 목소리가 들렸다.

"방주, 웬 놈들이 난입해서 아이들을 패고 있습니다!"

마도중은 황급히 방을 나섰다.

최측근 호위인 혈응사위가 긴장한 표정으로 서 있었다.

"어떤 놈들인지 확인은 했느냐?"

"아직……."

'젠장, 명왕문이라는 곳에서 온 놈들인가?'

나가보면 알겠지.

“가보자!”

회랑을 지나서 마당으로 나간 그는 전면을 둘러보았다.

여기저기서 십여 명이 뒹굴고 있었다.

모두 혈웅방 무사들이었다.

자신이 밖으로 나온 시간은 기껏해야 스물을 셀 시간 정도. 그사이에 십여 명이 당한 것이다.

상대는 모두 일곱.

험상궂은 얼굴, 철탑처럼 단단해 보이는 장한을 제외한 나머지는 모두 젊은 놈들이었다.

다행히 천도맹이나 명왕문 놈들은 아닌 것 같았다.

“내가 방주인 마도중이다. 무슨 일로 나를 찾아온 거냐?”

사운평이 앞으로 나섰다.

“짜증이 나서.”

“뭐?”

“수하가 잡혀갔으면 무슨 대책이라도 세워야지 말이야, 왜 구경만 하고 있지? 정말 잘 됐다고 생각하는 거 아냐?”

“무슨……?”

“양사충 당주가 잡혀간 것을 모르진 않겠지?”

“그 일이 너희들과 무슨 상관이란 말이냐?”

“우리 사람인 구 형도 함께 잡혀갔거든?”

마도중은 사운평이 말한 ‘구 형’이 누군지 알고 있었다.

새끼 건달을 시켜서 양사충을 몰래 감시했었다. 그러던 어느 날, 구씨 성을 쓰는 자가 양사충의 친구라며 청난루로 찾아왔다는 말이

들렸다.

오늘 오후, 바로 그가 양사충을 구하겠다며 나섰다가 함께 잡혀갔다고 했다.

"그를 구하려면 북명장으로 갈 것이지, 왜 나를 찾아와서 소란을 피운단 말이냐?"

"수하를 팽개친 자의 낯짝 좀 보려고."

"흥! 네가 지금 나를 추궁하겠다는 거냐?"

"추궁이 아니라, 혼내주겠다는 거야."

그 말에 마도중도 더 이상 참지 못했다.

잠깐 사이 수하들 삼십여 명이 마당 가득 모여든 상태였다. 개중에는 중간 간부도 열은 되었다.

이 정도면 이길 수 있지 않을까?

나름대로 자신이 생긴 그는 목에 힘을 주고 소리쳤다.

"순순히 나간다면 우리도 더 문제 삼지 않을 것이니, 이곳에서 꺼져라!"

"말귀 더럽게 못 알아듣네."

사운평이 냉랭히 말하고는 옆을 향해 고갯짓을 했다.

"궁 형, 저 인간 좀 잡아 오쇼."

궁탁도 수하를 가볍게 여기는 마도중에게 화가 나 있던 터였다.

그는 두 주먹을 움켜쥐고 걸음을 옮겼다.

그는 초혜가 만든 검은색 가죽 장갑을 끼고 있었는데, 그래서인지 그러잖아도 커다란 주먹이 더 커 보였다.

궁탁의 기세에 흠칫한 마도중이 반사적으로 소리쳤다.

"저놈을 쳐라!"

혈응사위가 무기를 빼 들고 궁탁을 향해 달려들었다.

궁탁은 똑같은 속도로 걸음을 옮기며 양손을 휘둘렀다.

후우웅!

그의 주먹은 번개처럼 빠르고 바위를 부술 정도로 강력했다.

퍼버벅!

"크억!"

"으악!"

한 대에 한 명씩, 혈응사위가 차례차례 뒤로 날아갔다.

단숨에 그들을 날려 버린 궁탁이 차가운 눈으로 마도중을 바라보며 성큼성큼 발을 내디뎠다.

안색이 하얗게 탈색된 마도중은 뽑아든 칼을 휘두를 생각도 못 하고 주춤주춤 뒤로 물러섰다.

그의 독한 성격도 궁탁의 험악한 얼굴과 혈응사위를 단숨에 날려 버린 커다란 주먹 앞에서는 소용이 없었다.

세 걸음을 옮기기도 전에 궁탁의 주먹이 코앞까지 다가왔다.

"으아아아!"

마도중은 악을 쓰며 칼을 휘둘렀다.

장안의 밤거리를 휘어잡은 그도 일류 고수에 속한 자였다. 날카로운 도세가 허공을 난자했다.

그러나 상대가 궁탁이라는 게 불행이었다.

무표정한 얼굴로 마도중의 도세 사이를 파고든 궁탁이 좌수로 마도중의 칼을 든 팔을 잡고 우권을 내질렀다.

퍼버벅!

마도중의 독기도 궁탁의 주먹질을 버텨내지 못했다.

단 세 번의 주먹질 만에 게거품을 뿜어낸 마도중이 입을 떡 벌린 채 앞으로 꼬꾸라졌다.

궁탁은 마도중의 뒷덜미를 잡아서 사운평 앞으로 끌고 갔다.

사운평은 씩 웃으며 두 손을 맞잡고 손가락을 꺾었다.

우두둑.

"아직 몸이 뻣뻣해 보이는군. 조금 더 다져 놓고 이야기하는 게 좋겠어."

사운평은 마도중을 오뉴월 개 패듯 두들겨 패서 잘근잘근 다졌다.

혈독응이라 불리는 마도중의 독기도 쉴 새 없이 쏟아지는 주먹과 발길질에 속수무책으로 무너졌다.

그렇게 두들겨 맞고도 정신을 잃지 않는 게 불가사의할 지경이었다.

그사이 천해문 사람들도 악을 쓰며 달려드는 혈응방 무사들을 때려 눕혔다.

마당이 혈응방 무사들로 가득 찼다. 대부분 정신을 잃은 채 널브러져 있었고, 몇 명은 고통스러운 신음을 흘리며 바닥을 기었다.

그나마 죽이지 말라는 사운평의 말이 있었기에 목숨을 잃은 자는 없었다.

퍼억!

사운평은 마지막 일격을 날려서 마도중을 나뒹굴게 만들었다.

그러고는 널브러져서 부들부들 떨고 있는 마도중을 보며 말했다.

"자, 이제 본론으로 들어가 볼까?"

"무, 무, 무슨…… 본론……?"

"당신들은 양 당주를 구하고, 우리는 구 형을 구해야 하지 않겠어? 이제부터 머리를 맞대고 그 일을 상의해 보자고."

"……."

겨우 고개를 든 마도중이 핏물을 줄줄 흘리는 입을 반쯤 벌리고 사운평을 쳐다보았다.

'어디서 이런 미친놈이…….'

"뭐, 한발 더 나아가서 장래를 논의해 보는 것도 좋고. 당신도 천도맹이나 명왕문의 졸개 노릇만 하다가 죽고 싶진 않겠지?"

*　　*　　*

사운평은 마도중과의 협상(?)을 끝내고 청난루로 돌아왔다.

갈 때에 비해서 기분이 훨씬 나아져 있었다.

장안의 뒷골목을 휘어잡고 있는 혈응방과 동료가 되기로 협정을 맺었다.

비록 어둠 속 흑도무리에 불과하지만, 그래서 오히려 청부업과 잘 어울렸다. 청부업도 때로는 음침한 구석이 있으니까.

"아주 괜찮은 협정을 맺었어. 마도중도 아무 말 않는 걸 보면 마음에 든 모양이야."

천해문 사람들은 사운평을 힐끔거렸다.

‘그게 협정이야? 협박이지?’

‘그 상황에서 반대할 사람이 누가 있어?’

심지어 북야진과 북야설조차 사운평을 흘겨보았다.

‘정말 어이가 없는 자군.’

‘정신이 조금 이상한 것 같아.’

사람을 그렇게 두들겨 패 놓고 협상을 하다니.

“주인장, 여기 술!”

남이야 어떻든 기분이 좋아진 사운평이 술을 시켰다.

천해문 사람들의 눈빛이 조금 전과 달리 반짝반짝 빛을 발했다. 술은 낙양을 떠난 후 처음이었다.

술이 두어 순배 돌 즈음, 한 사람이 청난루에 들어왔다.

그자는 삼십 대 후반의 중년 무인이었는데, 굳은 표정으로 주루 안을 둘러보았다.

“어서 오십쇼. 자리에 앉으십쇼.”

점소이가 평소처럼 그자를 맞이했다.

그자는 자리에 앉지도 않고 점소이에게 물었다.

“언씨 노인이 그러더군. 이곳에 낙양에서 온 사람들이 있다고. 어디에 있지?”

창가 자리에 앉아 있던 사운평이 슬쩍 손을 들고 고개를 미미하게 끄덕였다.

중년인은 더 묻지 않고 사운평이 있는 자리로 다가갔다.

사운평 일행은 탁자 두 개를 차지하고 있었다.

하나에는 사운평과 북야진, 북야설이. 하나에는 임풍과 궁탁, 위지 강이 앉아 있었다.

중년인은 임풍 등이 앉아 있는 탁자를 슬쩍 쳐다보며 전음으로 물었다.

『저자들이 들어도 상관없나?』

사운평이 씩 웃으며 중년인을 안심시켰다.

"제 형제나 다름없는 사람들입니다. 그런데 언 노선배는 지금 어디 계십니까?"

"천도맹에 계시네."

"아, 그래요? 근데 무슨 일로 저희를 찾아오신 겁니까?"

"이곳에 가서 사씨 성을 가진 청년을 만나라고 하더군."

"제가 사씨 성을 가진 청년입니다. 남들은 천해공자라고도 부르죠. 하, 하, 하."

솔직히 그렇게 불러 주는 사람은 아무도 없다.

방금 생각나서 만든 이름이니까.

오죽하면 다른 일행들이 의아한 표정으로 쳐다볼까?

"나는 악종화라고 하네."

악씨라고?

문득 어떤 생각이 든 사운평이 슬쩍 떠보았다.

"언 노선배와 악씨 성을 가진 어떤 분 사이에 안 좋은 일이 있었다고 들었습니다만."

중년인, 악종화가 씁쓸한 표정을 지으며 어깨를 으쓱했다.

"아마 나 때문에 일어난 일을 말하는 걸 거네."

“그럼 오기 부리다가 팔이 부러져서 죽을 뻔했다는 분이⋯⋯?”

사운평의 말에 옆자리의 사람들이 놀라서 움찔했다.

헉! 어떻게 대놓고 그런 말을?

모두가 그런 표정으로 사운평을 힐끔거렸다.

악종화도 얼굴이 묘하게 이지러졌다.

“언 선배가 그리 말씀하시던가?”

“뭐 꼭 그렇게 말씀하신 것은 아니지만, 비슷한 내용이었죠. 그보다 저희를 찾아오신 목적을 듣고 싶군요.”

아슬아슬한 상황에서 사운평이 말을 돌렸다.

악종화도 뜨겁게 달아오른 가슴을 식히고 사운평을 노려보았다.

과거의 실수를 떠벌린 언송초보다 그런 말을 아무렇지도 않게 하는 젊은 놈이 더 얄미웠다.

“아무래도 내가 잘못 찾아온 것 같군.”

사운평이야 눈도 꿈쩍하지 않았지만.

“급하지 않은 일인가 보군요.”

기선을 제압할 때는 일단 상대의 감정을 건드려라. 단, 유리한 상황에서만.

그는 언젠가 들어봤던 그 말을 실천으로 옮겼을 뿐이었다.

물론 불리할 때 그랬다가는 판이 깨지고 싸움 나기 딱 좋았지만, 최소한 지금은 아니었다.

악종화는 다시 가슴이 뜨거워지려고 하자 얼굴을 씰룩이며 숨을 크게 들이쉬었다.

“언 선배는 자네가 우리에게 큰 도움이 될 거라고 했지. 그런데 솔직히 말해서 나는 그 말을 믿기가 힘들군.”

“저는 저를 믿지 못하는 사람과는 일을 하지 않습니다.”

“그런가? 하긴 믿음이 전제되지 않으면 목숨을 걸 수도 없겠지. 아무래도 자네에 대한 일은 시간을 두고 좀 더 생각해 봐야겠군.”

“흐음, 아쉽군요. 잘하면 은명곡에 타격을 줄 기회가 될지도 모른다 생각했는데 말이죠.”

“은명곡?”

악종화가 의아해하자, 사운평은 짐짓 과장된 표정을 지으며 악종화를 빤히 쳐다보았다.

“모르셨습니까?”

“뭘 말인가?”

“여태 누구와 싸운 겁니까?”

“그야 명왕문…… 설마……?”

“그들은 백수십 년 동안 은명곡이라고 불렸죠. 뭐 강호의 사람들은 대부분 모르고 있습니다만.”

—남들은 몰라도 우리는 안다.

대충 그런 뜻이 담긴 말이다.

—우리가 너희들보다 더 많은 것을 알고 있다.

그런 말뜻도 되고.

“좌우간 앞으로 싸우더라도 그 정도는 알고 싸우십시오. 사실 이름만 안 것 정도로는 별 도움이 되지 않겠지만, 모르는 것보다는 낫지 않겠습니까?”

사운평은 악종화를 몰아붙이고 턱에 힘을 주었다.

악종화의 눈빛이 세차게 흔들렸다.

적의 이름이야 하찮은 것일 수도 있다.

문제는, 이름을 안다면 진정한 정체도, 전력도 알고 있다는 말이 아니겠는가.

"놈들에 대해서 알고 있는 것이 많은가 보군."

"뭐 남들보다는 많이 알고 있죠. 아, 천도맹에서도 상대의 우두머리가 누군지 정도는 알고 있겠죠?"

"……."

모른다.

그렇다고 해서 사실대로 말하자니 저 얄미운 놈에게 끌려가는 것 같아서 입이 열리지 않았다.

"말씀하시기 싫다면 흥정은 이쯤에서 그만하죠."

사운평이 담담하게 말하며 자리에서 일어났다.

그제야 악종화는 상대가 앉은 채로 자신과 대화했다는 사실을 깨달았다. 새파랗게 젊은 놈이 말이다.

얄미운 데다 건방지기까지.

골고루 싫은 구석만 보였다.

그때 사운평이 몸을 돌리기 전 한마디 덧붙였다. 지금까지와 전혀 다르게 무심한 표정으로.

"귀하도 지피지기(知彼知己)라는 말이 무슨 뜻인지 정도는 잘 아실 겁니다."

악종화의 눈동자가 흔들렸다.

사운평은 더 말하지 않고 몸을 돌렸다.

“그만 가자고. 아무래도 곧 귀찮은 일이 벌어질 것 같아.”

임풍이 그 말에 미간을 좁히며 일어났다.

하는 짓이 못 미덥게 보이긴 해도 감각 하나는 천하 고수인 사람이 사운평이다.

“귀찮은 일? 혹시 은명곡 놈들이 오기라도……?”

사운평은 악종화를 통해서 임풍의 질문에 대답했다.

“몇 명이나 함께 왔습니까?”

악종화의 얼굴이 굳어졌다.

함께 온 사람들이 밖에 있다. 모두가 일류 고수들로 기척을 죽인 채 숨어 있다. 그들의 존재를 이미 파악했다는 뜻.

“열두 명이네.”

“그들을 데리고 빨리 가쇼. 늦으면 후회할 거요.”

사운평은 더 말할 시간도 없다는 듯 곧바로 걸음을 옮겼다.

악종화의 눈빛이 세차게 흔들렸다.

“설마…… 놈들이 오고 있단 말인가?”

“그 말을 하는 동안에도 십 장은 더 가까워졌을 거요. 나를 찾으려면 적흥사로 오쇼.”

사운평이 한심하다는 표정으로 말하고는 빠르게 뒷문 쪽으로 향했다.

아쉬울 것은 없었다. 시간이 흐르면 그만큼 가격도 더 올라갈 테니까.

임풍과 위지강, 궁탁, 북야진과 북야설도 사운평을 따라갔다.

그들이 뒷문을 빠져나간 직후, 갈색 무복을 입은 자가 객잔 안으로 뛰어들어왔다.

"단주, 놈들이 이곳으로 오고 있습니다!"

'사실이었어.'

악종화는 힐끔 뒷문을 바라본 후 꼬리에 불붙은 말처럼 황급히 밖으로 몸을 날렸다.

"가자."

                    *   *   *

태양이 동산 위로 삐죽이 고개를 내밀 무렵.

이연연은 칠 초 사십구 식으로 이루어진 낙화검법을 처음서 끝까지 다섯 번에 걸쳐 펼치고 진기를 가라앉혔다.

그녀의 무공은 하루하루가 다르게 발전하고 있었다.

가끔씩 지켜보던 벽초가 '괄목상대란 너를 두고 한 말 같구나.' 라며 혀를 내두를 정도였다.

장난삼아서 비무를 해 주던 호우도 이제는 신중하게 대응하지 않으면 목검에 맞아야 했다.

다만 낙화검법을 제대로 펼치려면 지금보다 훨씬 강한 공력이 필요했다.

'후우, 그래도 진전이 빨라서 다행이야.'

이연연은 소매로 이마의 땀을 닦았다.

그때 저 아래쪽에서 누군가가 올라오는 게 보였다.

처음에는 짐승인 줄 알았다. 그만큼 민첩했으니까.

그러나 거리가 가까워지면서 사람의 모습이 확연하게 드러났다.

언뜻 눈에 보이는 자만 대여섯 명. 그 외에도 몇 명 더 있는 듯했다.

'누구지?'

그녀는 통나무집 옆에서 장작을 패고 있는 호우를 불렀다.

"호우 아저씨."

호우가 도끼질을 멈추고 고개를 돌렸다.

"어, 왜?"

그러다 뭔가를 느꼈는지 이연연 곁으로 달리듯이 다가왔다.

계곡 아래쪽을 바라본 그의 눈이 호안처럼 커졌다.

지금까지와는 전혀 다른 모습. 강렬한 기운이 그의 전신에서 스멀거리며 흘러나왔다.

그것은 지독히 강한 투기었다.

"연연이는 들어가 있어."

"왜 그래요?"

"짐승들도 안 좋은 마음을 품은 놈은 느낌이 달라. 저놈들처럼."

"호우 말대로 너는 집에 들어가 있어라."

언제 나왔는지 벽초가 이연연 쪽으로 걸어오며 말했다.

항상 사람 좋은 웃음만 짓던 두 사람의 표정이 굳어 있다. 이연연도 마음이 무거워졌다.

'아무래도 나 때문에 오는 사람들인 것 같아.'

자신이 있어봐야 두 사람에게 방해만 될 뿐. 그녀는 순순히 그들의 말을 따랐다.

"예, 노스님."

그녀가 통나무집으로 들어갔을 때, 계곡을 거슬러 올라온 무사들이 마당의 코앞까지 다가왔다.

모두 열넷. 편하다 할 수 없는 계곡 길을 평지처럼 날듯이 달려온 것만 봐도 평범한 무사들은 아니었다.

두 사람을 제외하고는 대부분 삼십 대였는데, 무표정한 얼굴에 엄중한 기도를 지니고 있었다.

특히 긴 턱에 짧은 수염이 숭숭 난 중년인과 뒷짐을 지고 서 있는 감색 무복의 초로인은 고요히 서 있는 것만으로도 일대의 바람이 멈춰버린 느낌이 들 정도였다.

"시주들은 어인 일로 이곳까지 오셨는가?"

먼저 벽초가 근엄한 표정으로 입을 열었다.

긴 턱의 중년인이 칼날 같은 시선으로 주위를 한 번 둘러보고 말했다.

"이곳에 낙일검제 노선배께서 사신다고 들었소이다. 혹시 안에 계시오?"

"영호 시주는 오래전에 여길 떠났네. 한데 시주들은 뉘신가?"

"천의산장의 번양이라 하오이다. 이연연 소저도 영호 노선배와 함께 떠나셨소이까?"

교묘한 말장난이었다.

그녀가 이곳에 있든 없든, 그렇다고 하면 결국 이곳에 이연연이 있음을 자인하는 셈이 되는 것이다.

벽초는 번양의 말 속에 숨은 뜻이 있음을 간파하고 바로 대답을 못했다.

그런데 호우가 머리를 굴린다고 굴려서 불쑥 말했다.

"그, 그래! 연연이도 숙부와 함께 갔다!"

칠원성군 중 하나인 무곡군(武曲君) 번양의 입술 끝이 올라갔다.

비릿한 조소를 베어 문 그가 턱을 치켜들며 말했다.

"역시 영호 노선배께서 이연연 소저를 빼돌렸군."

"숙부는 빼돌리지 않았다! 연연이가 원해서 온 거다!"

"우리는 그 말을 이 소저에게 직접 들어봐야겠소. 혹시 저 안에 계신 분이 이 소저 아니오?"

"잔소리 말고 꺼져! 연연이는 아무도 못 데려가!"

호우가 버럭 소리치며 도끼를 움켜쥐었다.

'에구, 이 녀석······.'

벽초는 한숨이 나왔다.

상대의 넘겨짚는 말에 홀라당 넘어가다니.

하지만 어쩌랴, 거짓말을 못 하는 순진한 호우에게 뭐라고 할 수도 없는 일.

더 이상 속일 수 없음을 안 그는 씁쓸한 표정으로 초로인을 바라보았다.

번양도 절정 경지의 고수지만 초로인만은 못했다. 찾아온 자들의 우두머리가 초로인이라는 뜻.

"돌아가시게. 연연이는 자발적으로 천의산장을 나왔다고 했네. 이제 천의산장에서 그 아이를 찾을 이유가 없지 않은가?"

"아쉽군. 영호 선배가 있었으면 했는데."

초로인은 동문서답을 하며 정말로 아쉬워하는 표정을 지었다.

대신 번양이 대답했다.

"그에 대해서는 산장의 어른들께서 판단하실 거요. 일단 우리는 이 소저를 데려가야겠으니 순순히 내놓으시오."

"그럴 수는 없네."

"막으면 후회할 거요."

차갑게 협박조로 말을 내뱉은 번양이 통나무집을 쳐다보았다.

"이 소저, 피 보는 것을 원치 않는다면 순순히 나오시오! 우리는 이 소저에게 털끝만 한 위해도 끼치지 않을 거요!"

"아무도 못 데려간다고 했잖아!"

호우가 발끈하며 도끼를 들고 앞으로 나섰다.

〈다음 권에 계속〉

수라왕

이대성 신무협 장편소설

NAVER 웹소설 인기 무협 『수라왕』,
책으로 다시 돌아오다.

산법에 뛰어난 재능을 지닌 명석한 소년, 초류향.
진리를 깨우치고 숫자로 세상을 보게 된 소년,
그가 강호에 첫발을 내딛는다.

인물들의 외전과 뒷이야기를 정리한 설정집 수록!

dream
books
드림북스

표류전쟁

서하 판타지 장편소설
FANTASY STORY & ADVENTURE

NAVER 웹소설 SF&판타지 부문 인기작,
그 완전판을 만나다!

〈묵시록의 기사〉, 〈독왕전기〉로 독자들을 사로잡은 작가 서하.
그만의 독특한 세계관과 감성이 녹아 있는 SF 판타지!

과거를 조작해 미래를 통제하려는 자들과
열세 속에서도 그들을 막으려는 자들.

미래를 완전히 뒤바꿀 이들의 전쟁이 펼쳐진다!

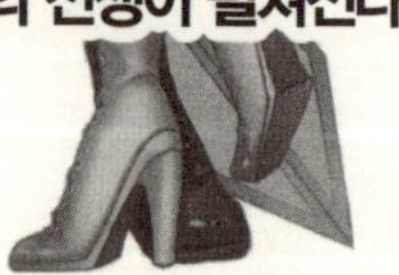

dream
books
드림북스